치유마법의
잘못된
사용법
~전장을 달리는 회복 요원~
Vol.1
쿠로카타
KUROKATA

【카즈키】
【올가】
【스즈네】
【우루루】
【블루링】

【우사토】
【로즈】
등장인물 소개

너무나도 시시했다.
주위에 있던 적은 전부 해치워 버렸다.
피바다에 가라앉은 왕국 기사들이 있었다.
정신을 차리고 보니 발밑에는
"별거 아니네. 인간 따위, 이 정도인가――."

치유마법의 잘못된 사용법

~전장을 달리는 회복 요원~

Vol. 1

저자 쿠로카타
일러스트 KeG

치유마법의 잘못된 사용법 ~전장을 달리는 회복 요원~ Vol.1

CONTENTS

구명단 수칙

~전장에서의 마음가짐~

하나, 구명단은 인명 구조가 최우선임을 명심한다.

하나, 아군뿐만 아니라 자신의 목숨도 지킨다.

하나, 잘못된 자기희생 정신을 가진 녀석은 패서라도 물러나게 한다.

프롤로그

비가 억수같이 쏟아지는 날이었다.

하늘에서 떨어지는 빗방울이 지면을 때리며 주위에 끊임없이 소리를 울렸다. 요란스럽게 고막을 때리는 소리를 귀찮게 여기며 학생들로 가득한 현관을 멍하니 바라보았다.

오후에 갑자기 내리기 시작한 비. 일기 예보 보는 것을 깜박한 내가 때마침 접이식 우산을 가지고 있을 리도 없기에, 오늘처럼 갑자기 비 올 때를 대비하여 현관에 놓아뒀던 우산을 가지러 우산꽂이로 걸어갔다.

"우산이 없어."

거기 있어야 할 우산이 없었다.

아마 누군가가 가져가 버렸을 것이다. 아침까지 여기 있었던 눈에 띄는 검은 우산이 흔적도 없이 사라졌다.

"운이 안 따라 주네……."

화내야 할 상황일지도 모르지만 그런 기분이 조금도 들지 않아서, 그저 계속 내리는 비를 현관 아래에서 천천히 올려다보았다.

습기 때문인지, 아니면 어두워지는 느낌이 그런 생각을 하게 만드는지 나 자신도 알 수 없지만, 비 오는 날이면 꼭 자신을 되돌아보고 싶어진다.

"내일도 학교에 와야 하는구나……. 쉬고 싶다."

그렇게 툭 투덜거렸다.

학교에 다니는 자신.

그런대로 친구도 있고, 성적도 극단적으로 나쁘지 않고, 운동도 못 하진 않는다.

자신의 장단점을 말하라고 해도 당장 생각나지 않고, 이렇다 할 취미도 없다.

우사토 켄. 우사토라는 별난 성과는 달리 켄이라는 밋밋한 이름도 나라는 존재를 나타낸다고 할 수 있을 것이다.

자타공인 평범— 그것이 나였다.

평범함을 달게 받아들이고 있는 나지만, 자신의 현재 상황에 만족하는지 묻는다면 그렇지도 않았다. 아무런 불편함도 없이 하루하루를 보내고 있는데 뭐가 불만이냐고 의문스럽게 여길지도 모르나, 내가 만족하지 못하는 것은 좀 더 근본적인 부분—.

나는 현실과 동떨어진『비현실』을 동경하고 있다.

자신을 에워싼 일상이 극적인 변화를 이루면 좋겠다고—.

뭐든 좋으니 흔해 빠진 것에서 벗어나, 가끔은 평범한 사람과는 다른 일도 해 보고 싶었다.

「우사토는 수수하지만 좋은 녀석이지」라는 말을 듣고 쓴웃음만 돌려줄 뿐인 자신과는 안녕을 고하고 싶었다.

"……하아."

하지만 그것이 어려운 일이라는 것은 알고 있다.

현실은 어디까지나 현실이라서, 어떻게 해도 허구나 판타지는 될 수 없었다.

사람은 만화나 애니메이션처럼 그렇게 간단히 바뀌지 않는다. 극적인 계기가 없으면 줄곧 그대로인 것이다. 나는 언제까지나 평범한 채로, 죽을 때까지 평생 지금 이대로인 인생을 보내야 하리라. 내가 머릿속에 그리고 있는 이상은 절대로 현실과 섞이지 않는다.

설령 그것을 한탄하더라도 현실은 바뀌지 않았다.

나는 평범하니까, 어이없을 정도로 평범하기에 포기했다.

"……무슨 생각을 하고 있는 건지."

새삼스럽지만 나 꽤 창피한 생각을 하고 있구나.

완전히 인적이 뜸해져 버린 현관 벽에 기대 숨을 토했다. 세찬 빗소리와 내 호흡소리만이 울렸다.

"잠시 여기서 비가 그치길 기다릴까."

누구에게랄 것도 없이 그런 혼잣말을 중얼거리며 떨어지는 비를 보았다.

무리해서 돌아가고 싶을 만큼 급한 일도 없으니까.

"……안 그쳐?!"

그대로 한 시간이 지났지만 비가 그칠 기색은 전혀 없었다.

시간은 다섯 시 반을 지난 무렵. 열심히 동아리 활동을 하는 사람들도 돌아갈 준비를 시작하는 시간대였다.

이대로 있다가는 어두운 길을 쫄딱 젖은 채 돌아가야 한다.

차라리 우산꽂이에 남아 있는 누군가의 우산을 빌릴까……. 아니야, 뭔가 미안하고, 나중에 일이 귀찮아질 수도 있으니 그만두자.

이런 때에도 소심한 스스로에게 짜증을 느끼면서도 조금만 더 기다리기로 했다.

"역시 이 이상 어두워지면…… 응?"

나 말고 아무도 없는 현관에 남녀 한 쌍이 나타났다.

그 두 사람을 한마디로 표현하자면 미남미녀라는 말이 어울렸다.

남학생 쪽은 나와 같은 반인 류센 카즈키로, 『一樹』라고 쓰고 카즈키라고 읽는 멋있는 이름을 가진 남자였다. 키가 큰 데다 얼굴도 잘생겨 흠잡을 데가 없는, 미연시 주인공도 혀를 내두를 주인공 기질을 지닌 그는, 그 외모와 성격으로 우리 학교 여자들을 포로로 삼고 있는 미남이다.

심지어 학생회 부회장이기도 했다. 어느 모로 보나 설정 과다인 완벽 초인이었다.

솔직히 말하자면 폭발해 버리라고 늘 생각하고 있습니다.

아, 이런. 이쪽을 봤다.

"……어라?"

"왜 그러세요? 이누카미 선배."

"저 애는……."

날 알아차린 것은 여학생 쪽, 이누카미 스즈네였다.

그녀는 3학년 선배이자 학생회장으로, 흑발과 반듯한 얼굴이 고아한 느낌을 주는 미소녀였다.

두뇌 명석, 운동 신경 발군, 거기다 미인. 2차원 미소녀도 압도할 만한 재색을 겸비한 그녀는 모든 남학생이 동경하는 존재였다. 일부 특수한 취향의 여학생들에게도 인기가 있었다. 나에게는 절벽 위의 꽃이라고 해야 할 존재일 것이다.

류센과 사귄다는 소문도 돌고 있다.

그런 그녀가 현관 앞에 망연히 서 있는 날 보고 류센과 함께 다가왔다.

"우산이 없는 거야?"

"예? 아, 뭐…… 그렇죠."

"그렇구나. 그래서 비가 그칠 때까지 여기서 기다리고 있던 건가……. 하지만 좀 있으면 하교시간인데……."

벌써 시간이 그렇게 됐나. 나는 핸드폰으로 시간을 확인하며 밖을 바라보았다.

부모님께 우산을 갖다 달라고 할까 싶었지만 맞벌이라 어느 쪽에도 부탁할 수 없었다.

이누카미 선배에게 그렇게 말하자 그녀는 팔짱을 끼고 고민하는 모습을 보였다.

"……학생회장으로서 쫄딱 젖은 채로 귀가시킬 수는 없지."

"그럼 선배, 제 우산을 우사토 군에게 빌려주죠."

접이식 우산을 가지고 있다며 류센이 친절하게 우산을 넘겼다.

그렇군, 이 착한 성품이 인기의 비결인가.

같은 반이 되고 처음으로 이야기해 보았는데 뭐랄까, 산뜻한 녀석이라는 생각이 들었다. 내 이름을 알고 있다는 점에도 살짝 감동했다.

"고마워, 류센 군."

"어이어이, 같은 반인데 무슨 「군」을 붙여, 낯간지럽게. 편하게 카즈키라고 불러줘. 나도…… 그러니까, 우사토? 아니면…… 켄?"

"우사토면 돼."

켄은 학교에 잔뜩 있으니까.

나 스스로도 우사토라는 성이 꽤 마음에 들기에 켄보다는 우사토라고 불리는 편이 좋았다.

그나저나 설마 학교 제일의 미남에게 친구로서 이름을 불리는 날이 올 줄이야. 내일은 여학생 팬들의 주목(살기)을 모으겠군.

"그럼 나도 우사토 군이라고 불러도 될까?"

"엇…… 사, 상관없어요."

내일은 남자들의 질투 어린 시선도 걱정해야겠구나!

그래도 학교 제일의 미인에게 이름을 불리다니, 이제 죽어도 여한이 없습니다.

이야~ 오늘은 재수 없는 날이라고 생각했는데 반대였네. 학교의 인기인과 친구가 되다니 말이지. 좀처럼 없는 일이야.

비 최고! 더 내려도 돼!

비에 대한 태도가 휙휙 바뀌는 나였다.

“그럼 얼른 돌아가자.”

친해진 것이 어지간히 기쁜지 카즈키가 살짝 들떠서 나에게도 같이 돌아가자고 권했다.

「이 녀석, 그쪽 방면 사람인가」 싶어 가슴이 덜컥했지만, 단순히 동성 친구가 늘어서 기쁜 모양이었다.

의심해 버린 스스로를 가볍게 자기혐오하며 마음속으로 사과했다.

이누카미 선배도 특별히 반대하지 않았기에 나도 같이 돌아가기로 했다.

“우사토 군은 향후 진로에 관해 생각하고 있어?”

갑자기 이누카미 선배가 질문을 던져서 나는 모호하게 대답했다.

“아뇨, 아직 2학년이니까요.”

“선배, 저한테도 그 질문 했었죠?”

“후후, 나한테는 계획이 없으니까. 다른 사람들은 어떤지 신경 쓰이거든.”

빗소리와 물을 튕기며 걷는 소리가 주위에 울렸다. 그 소리를 듣고 「뭔가 평화롭네……」 라고 생각했다.

두 사람과 이야기하고 있으니 신기하게 마음이 평온해졌다. 사실 이 두 사람, 음이온을 방출하고 있는 건 아닐까? 늘 대화하는 친구들과 있을 때와는 확연하게 분위기가 달랐다. 그 녀석들과 있는 공간은 숨 막히게 덥지만, 두 사람의 경우에는 상쾌하다고 해도 좋았다.

태평한 기분으로 이누카미 선배에게 신경 쓰인 점을 질문해 보았다.

"이누카미 선배는…… 진로를 정하지 못한 건가요? 3학년인데."

"못 정했어."

"그거 꽤 위험하지 않나요?"

무례하지만 내 솔직한 감상을 말해 보았다. 이누카미 선배는 3학년, 슬슬 진로를 정해야 할 텐데…….

내 반응에 선배는 쓰게 웃었다.

어쩐지 자학적인 웃음이었다. 학생회장으로서 전교생 앞에 늠름하게 선 이누카미 선배와는 어울리지 않았다.

"그렇긴 한데, 나는 내가 뭘 하고 싶은지 못 찾았거든……. 목표를 정해도 금방 달성해 버려. 뭐랄까, 여긴 내가 있을 곳이 아니라는 생각이 들 때가 있어."

"굉장한 선배란 말이지."

"확실히……."

그녀는 운동이든 공부든, 뭐든 잘한다는 이미지가 있었다.

나와는 정반대의 일로 고민하고 있구나. 방향성은 다르지만 비슷할지도 모른다.

"아…… 방금 그건 약 올리려고 한 말이 아니야."

알고 있어요, 하고 카즈키와 마주 보고서 웃었다.

뺨을 붉게 물들인 이누카미 선배는 화난 것처럼 고개를 돌려 버렸다.

"그러고 보니 카즈키랑 이누카미 선배는 사귀는 사인가요?"

"뭐? 그게 무슨 소리야? 나랑 선배가……? 그럴 리가 없잖아."

"맞아. 주위에서 쉽게 오해하지만, 학생회 일 때문에 같이 있을 때가 많을 뿐이야."

뭐……라고?

경악스러운 사실이었다. 나도 둘이 사귀는 줄 알았는데?!

"거짓말이죠?"

"왜 이런 일로 거짓말하겠어. 나랑 선배는 그런 사이 아니야."

믿을 수 없다는 표정을 지은 나를 보고 카즈키가 쓴웃음을 지었다.

완전히 헛소문이었나…….

지금 같이 걸으면서 알게 된 것도 있는데, 카즈키는 내가 생각했던 것보다 훨씬 상냥하다는 점이었다. 생각해 보면 교실에서 여학생이랑 이야기할 때도 난처하게 쓴웃음을 짓고 있는 것처럼 보이기도 했다.

리얼충 녀석이라며 친구랑 같이 질투의 시선을 보냈었지만 살짝 인식을 바꿔야겠군.

조금 가까이하기 어려운 사람인 줄 알았다고 말하자, 카즈키는 쓰게 웃으며 「너한테는 듣고 싶지 않은 말이네」라고 대답했다. 어째서…….

확실히 내가 평소에 정해진 친구들이랑만 이야기하니 그렇게 생각해도 별수 없지만, 가까이하기 어렵다는 것은 왠지 납득이 안 가는걸.

그대로 계속 잡담하며 걷는데 갑자기 이누카미 선배와 카즈키가 발을 멈췄다.

"……뭐지?"

"응?"

이상해서 뒤돌아보니 두 사람 다 귀를 기울이듯 손을 귀에 대고 있었다.

"엇, 왜 그래?"

"……우사토, 방금 뭔가 들리지 않았어? 대앵~ 하는 소리."

"나는 아무것도 못 들었는데……."

"나도 들었어. 이건…… 종소리?"

이누카미 선배는 종소리라고 했지만 이 근처에 종 치는 건물은 없었다.

나한테만 안 들린다는 사실에 약간 소외감을 느꼈다.

"괜찮아요?"

두 사람이 신경 쓰여서, 멈춰 선 그들 곁으로 걸어갔다.

두 사람에게 다가간 그 순간, 우리의 발밑— 콘크리트 지면에 갑자기 기하학적인 문양이 떠올랐다.

돌연 발밑에 나타난 문양.

사고방식이 다소 게임 위주인 내 회색 뇌세포가 빛의 속도로 그 문양을 말로 표현했다.

"마법, 진?"

과학이 지배하는 이 세계에 마법진이라니 어떻게 된 일인가!

심각한 패닉에 빠져서 오히려 냉정해진 머리로 현재 상황을 보았다.

지면에 마법진, 그것이 맥동하듯 빛나고 있었다.

이건 이세계로 가는 길이 열리는 게 아닐까?

평범한 세계에서의 이탈—.

비일상으로의 전환—.

지금까지의 나와는 다른 길—.

가슴 뛰는 모험의 시작—.

머릿속을 빙글빙글 맴도는 사고에 혼란스러워하면서도, 옆에 있던 카즈키에게 큰 목소리로 입을 열었다.

"카즈키, 이세…… 이세계를 어떻게 생각해?!"

"뭐? 느닷없이 무슨 소리야, 우사토?! 그보다 이건 뭐지! 무슨 촬영인가?!"

아차, 카즈키에게 내 말은 너무 일렀다.

낙관적인 나와 달리 진심으로 혼란스러워하는 그를 보고 사태의 위험성을 겨우 이해했다.

"우사토 군! 이세계에는 마법이라든가 몬스터라든가…… 요, 용사 같은 게 있을까?"

"왠지 이누카미 선배랑 엄청 친해질 수 있을 것 같네요."

예상외로 이누카미 선배는 이쪽 사람이었다.

라이트노벨 같은 걸 읽는 사람— 심지어 상당히 세속적이야!

매우 냉정한 미소와 함께 던져진 선배의 질문에 다시 제정신으로 돌아오고 말았다.

그러는 사이에 마법진은 눈앞이 아찔해질 정도로 빛났다.

그 강렬한 빛에 눈을 감은 나는, 갑자기 엄습하는 메스꺼움과 부유감을 느끼며 의식을 잃었다.

제1화 휘말려서 이세계!

정신이 몽롱한 가운데, 나는 피부에 닿는 차가운 바닥 감촉에 눈을 떴다.

"응…… 여긴……?"

주위를 보니 휘황찬란한 홀이었다.

눈앞에는 커다란 의자에 앉은 수염 난 남성과…… 노인 몇 명이 있었다. 잠에서 막 깬지라 머리가 돌아가지 않아 상황을 이해할 수 없지만, 자세히 보니 눈앞의 옥좌로 보이는 곳에 앉아 있는 남성은 고급스럽게 장식된 서양풍 의복을 입고 머리에는 왕관을 쓰고 있었다. 그리고 뒤쪽 노인들은 RPG에서 자주 보는 신하 같은 옷을 입고 있는 것이 아닌가.

노인들에게 주던 눈길을 주위로 돌리자 회색 갑옷으로 몸을 감싸고 허리에 서양검을 찬 근위병으로 여겨지는 사람들이 가로 일렬로 늘어서 있는 것이 보였다.

"어이, 괜찮아? 우사토."

"카즈키…… 대체 여긴 어디야?"

옆에 있던 카즈키가 불안한 얼굴로 이쪽을 보고 있었다.

다행이다. 뿔뿔이 흩어지지는 않은 모양이다. 카즈키가 있다면 선배도 있지 않을까.

카즈키에게 질문하며 주위를 둘러보니 이미 깨어나 있던 이누카미 선배가 옆에 앉아 있었다.

잠에서 막 깬 선배, 최곱니다…….

변태적인 사고로 현실 도피하면서도 카즈키에게 이 상황에 관해 물어보았다.

"모르겠어. 하지만 일어나니까 주위에 이상한 차림을 한 사람들이 잔뜩 있었어……."

"그런가……. 선배는 괜찮아요?"

"그래, 걱정하지 않아도 돼. 다친 곳은 전혀 없어."

우리가 깨어난 것을 눈치챘는지 왕관을 쓴 남성이 이쪽을 보았다.

위엄 있는 시선에 압도되고 말았다.

"모두 깨어난 모양이군."

매우 높으신 분처럼 보이는데, 대체 우리에게 무슨 용건이 있는 걸까.

멍한 머리로 주위 상황을 천천히 이해하려 노력하고 있는데 카즈키가 경계하며 왕관 쓴 남성 쪽으로 시선을 돌렸다.

"당신들은 누구야?"

"네 이놈! 로이드 님께 불경하게!"

임금님으로 보이는 인물 옆에 서 있던 신하가 카즈키의 불손한 말투에 호통쳤다.

임금님 같은 사람은 그런 신하를 손으로 제지했다.

"상관없다. 느닷없이 이런 곳에 불려오면 그런 말도 나오겠지. 너무 나무라지 말게, 세르지오."

"하, 하오나…… 알겠습니다."

"미안하군. 그는 융통성이 없어서 말이야."

"아, 예……."

"내 이름은 로이드 블루가스트 링글. 이 링글 왕국의 왕이다."

링글 왕국. 들어본 적 없는 나라였다.

딱히 전 세계 국가 이름을 다 알고 있는 건 아니지만.

"단도직입적으로 말하지. 자네들은 용사로서 우리 링글 왕국에 소환됐네."

"용사, 라고?"

방금 옆에서 작게 「왔다!」 하는 목소리가 들렸지만, 결코 이누카미 선배의 목소리가 아닐 거라고 믿고 싶다.

선배, 이 이상 쿨뷰티 이미지를 무너뜨리지 말아 주세요.

그리고 카즈키는 지금 심각하니까 자중해 주세요, 부탁드립니다.

"그래. 이 세계 마족의 왕, 마왕이 부활했네. 녀석은 군대를 이끌고 착실히 세력을 넓히고 있어. 2년 전 싸움에서 우리 링글 왕국의 백성들도 필사의 각오로 싸움에 임했으나, 그럼에도 불구하고 마왕군의 강대한 힘에 고전을 면치 못했지."

"마, 마왕?"

"사투 끝에 어떻게든 격퇴하는 데 성공했지만 다음은 어떨지 알 수 없어……. 그래서 나는 최후의 수단으로, 마왕에 대항할 능력이 있는 자를 다른 세계에서 이 세계로 부르는 금기 술법, 용사 소환을 시행하자고 결단한 것이네."

이누카미 선배, 옆에서 자기 다리를 탁탁 때리며 흥분을 억누르지 말아 주세요.

선배의 이미지가 무너지기 시작하고 있어요. 아니, 이미 무너졌어요. 잔해가 산을 이뤘어요.

"능력?"

"용사 소환 마법진에는 능력이 있는 자를 선정하고 불러오는 술식이 들어가 있네. 소환될 때 종소리가 들리지 않았나?"

"그 소리가 그거였나……. 그렇다면 우사토는……."

카즈키가 이쪽을 보았다. 미안하다는 시선이었다.

능력 있는 자에게만 들리는 종소리— 즉, 그것을 듣지 못한 나는 능력이 없다는 뜻이었다.

"나는, 휘말린 건가?"

그렇게 생각할 수밖에 없었다.

……아니, 그런 건 전혀 신경 안 쓴다니까? 나도 쓸모 있고, 엄청 지기 싫어하는 성격이라고!

당황한 눈으로 나를 보는 두 사람……. 그래요, 전 이 자리에 어울리지 않죠? 안다고요.

잘못해서 휘말렸다는 사실이 내 마음에 쩌저적 하고 금을 만들었다. 가슴을 부여잡고 괴로워하는 나를 알아차린 임금님은 심각한 얼굴로 눈을 감았다.

으아, 쓸모없는 놈이라며 추방되는 전개일지도 몰라.

왜 나만 난이도 루나틱이야…….

"자네는 말려든 건가……. 돌려보내 주고 싶으나 현재 이세계 소환은 일방통행, 데려올 수는 있지만 돌려보내지는 못해……. 두 사람도 마찬가지다."

어라? 이 임금님, 실은 좋은 사람 아닐까?

아니지, 용사 소환이라는 걸로 멋대로 소환했으니까 무조건 그렇다고도 할 수 없지.

"아뇨—."

"웃기지 마!"

「아뇨, 괜찮습니다」라고 내가 말을 끝내기도 전에 카즈키가 분노하며 외쳤다.

그가 소리침과 동시에 병사로 보이는 사람들의 손이 허리춤의 검으로 향했다.

자, 잠깐, 화나는 건 이해하지만 참자! 상대를 자극하면 안 돼!

"그럼 우리는 어떻게 되는 거야! 원래 세계에 가족도 있다고! 선배도, 우사토도……."

"미안하다고 생각하네……. 하지만 우리도 필사적이야."

카즈키는 주먹을 움켜쥐고 앞으로 한 발자국 내디뎠다.

친구가 된 지 얼마 되지도 않았는데, 이 얼마나 좋은 녀석인가. 나는 너무 생뚱맞은 일이라 완전히 진지해지지도 못하고 있는데…….

"진정해, 카즈키. 여기서 날뛰어도 별수 없잖아?"

"큭…… 우사토가 그렇게 말한다면……."

카즈키 마음속에서 내 발언은 얼마나 영향력이 있는 걸까?

"이기적인 짓임은 이해하고 있네. 하지만 우리는 반드시 자네들을 돌려보낼 방법을 찾아 보이겠네. 그때까지 힘을 빌려주게……. 부탁하네."

자리에서 일어나 우리가 있는 곳까지 내려온 임금님은 머리를 깊이 숙였다.

그 기이한 광경 속에서 냉정해진 카즈키는 포기했는지 한숨을 쉬었다.

"저도…… 너무 흥분했네요. 죄송합니다. 이야기를 들려주시겠습니까? 우선은 그것부터죠."

"……온정을 베풀어 주어 고맙네."

임금님에게 머리를 숙인 카즈키는 나와 이누카미 선배 쪽을 보며 고개를 끄덕였다.

이누카미 선배는 학교에선 본 적 없을 만큼 상쾌하게 웃으며 엄지를 척 치켜들었다.

이 사람, 이 상황을 가장 즐기고 있을 거야.

***

결국 카즈키는 임금님의 부탁을 받아들이기로 했다.

처음에는 거절할 생각이었던 것 같지만, 마왕이 일으킨 참상을 듣고 나서는 떨떠름해하면서도 부탁을 받아들이고 말았다.

카즈키의 판단에 이누카미 선배는 특별히 반론하지 않았다. 아니, 반론할 생각 따위 없었을 것이다.

이유는 알 수 없다. 전혀 짐작도 안 가는걸……?

나는 카즈키의 판단에 맡기겠다고만 말해 두었다. 이 상황을 적잖이 즐기고 있기도 했고, 나는 어디까지나 휘말린 처지, 두 사람의 덤이었다.

"그럼 카즈키 님, 스즈네 님, 우사토 님. 이 수정으로 여러분의 적성을 측정하겠습니다."

장소를 바꿔 우리는 넓은 홀에서 오래되어 보이는 방으로 이동했다.

이 방으로 안내해 준 왕국 전속 여마법사, 웰시 씨의 말에 의하면 방 중앙에 있는 수정을 만져서 적성— 즉, 사용할 수 있는 마법을 알 수 있다고 한다.

쓸 수 있는 마법의 종류는 여러 가지인 듯하지만, 전형적인 것으로는「불」,「물」,「번개」등이라는 모양이다.

그다지 현실감이 들지 않았다.

하지만 나도 마법을 쓸 수 있다면, 카즈키와 이누카미 선배의 힘이 될 수 있는 종류였으면 좋겠다.

내 적성도 조사해 달라고 무리하게 부탁해 봤더니, 쉽게 허가를 받았으나 막상 기회가 찾아오니 몹시 긴장되었다.

"그럼 카즈키 님부터 손을 올려 주시기 바랍니다."

대체 내 능력은 어떤 걸까, 그런 생각을 하며 순서가 오기를 기다리고 있자 웰시 씨의 들뜬 목소리가 들렸다. 그쪽을 보니 카즈키가 손을 올린 수정이 하얗게 빛나는 것이 아닌가!

그것을 본 웰시 씨가 「역시 용사님이시군요!」 하고 기뻐했다.

그 용사라는 단어를 몇 번이고 들으니 젖은 티슈 수준인 내 멘탈은 찢어질 것 같았다.

응? 카즈키는 기뻐 보이지 않네.

"왜 그래? 카즈키."

"그치만 빛이라니, 싸울 때 번쩍 빛나서 적의 시야를 빼앗는 건가? 어떻게 쓰면 좋을지 모르겠어……."

"빔을 쏘면 되는 거야, 카즈키 군. 아니면 빛으로 베는 검을—."

"선배, 그렇게 게임하듯 말하면 안 된다고 생각해요."

이 사람 위험해.

이세계에 온 뒤로 이상해졌어.

"우사토 군은 꽤 신랄하구나. 그런 부분…… 싫지 않아."

이 사람 이제 싫어.

학교 제일의 미인이라고 말한 거 누구야? ……아, 나였나.

"아뇨, 그렇지 않아요! 빛 마법은 굉장한 거예요! 다룰 수 있는 사람이 정말 적은 마법이거든요! 빛으로 악을 없애기에 마족과 싸울 때에는 더할 나위 없는 힘을 자랑하는 최고위 속성이에요!"

"그, 그렇구나……."

빛 마법에 관해 역설하는 웰시 씨를 보고 카즈키는 주춤하고 뒤로 물러났다. 그런 그를 보다 못한 선배가 웰시 씨에게 말을 걸었다.

"웰시 씨. 다음은 내 마법 적성을 조사해 주지 않을래요?"

"아, 네. 알겠습니다! 자자! 카즈키 님과 마찬가지로 이 수정에 손을 올려 주세요!"

웰시 씨의 재촉을 받으며 이누카미 선배가 수정에 손을 올렸다.

그러자 수정의 투명한 색이 서서히 흐려지더니 점차 반짝이는 노란색으로 바뀌었다.

"스즈네 님은 노란색…… 번개 마법 적성이군요. 마력량도 카즈키 님에게 뒤처지지 않아요!"

"번개…… 크흐흐."

이누카미 선배가 기뻐 보이니 다행입니다.

그건 그렇고 번개인가……. 남자라면 한 번쯤은 동경하는 속성이었다.

자, 다음은 내 차례다. 나는 대체 어떤 마법을 쓸 수 있을까? 살짝 두근거리는 마음으로 수정에 다가갔다.

"그럼 우사토 님, 손을……."

"네."

조심조심 수정에 손을 대고 바라보았다.

몇 초간 대고 있으니 수정이 약간 투명한 초록색으로 바뀌었다. 투명도는 두 사람보다 높은 편이지만 색이 전혀 달랐다. 뭐랄까, 눈에 편안한 색이었다.

"……!"

"저기, 웰시 씨?"

왜 그렇게 수정에 얼굴을 바싹 대고 관찰하는 건가요…….

"예쁜 색이네. 마치 에메랄드 같아."

"그러네. 나는 그냥 빛나기만 하고 색깔은 알 수 없었으니까."

내가 건드린 수정 색깔을 보고 이누카미 선배와 카즈키가 각각 그렇게 말했다.

투명도는 마력량을 나타내고 색깔은 속성을 나타낸다고 웰시 씨에게 들었다.

살짝 투명하니까 비교적 상위려나?

"식물을 조종한다거나…… 응? 왜 그러세요? 그렇게 창백한 얼굴로……."

"저, 전해야 해……."

"예?"

웰시 씨, 왜 제 손을 잡는 건가요?

"전해야 해애애애애애!"

웰시 씨는 바이스[#1] 같은 악력으로 내 손을 잡고 달리기 시작했다.

어? 뭐야? 뭔데? 나 뭔가 나쁜 짓 했어?

도착한 곳은 임금님이 있는 넓은 홀이었다.

숨이 가빠진 나는 거친 호흡을 고르며 웰시 씨에게 이끌려 임금님 앞으로 나왔다.

여성에게 손을 잡힌 것은 초등학생 때 이후로 처음이지만 이건

#1 바이스 기계 공작에서, 공작물을 끼워 고정하는 기구.

아니야. 이렇게 전력 질주하는 무시무시한 느낌이 아니라고!

"로이드 님!"

"무슨 일이지? 웰시. 카즈키와 스즈네의 적성은 확인했나? 음? 거기 있는 건 우사토로군. 다른 자들은 어찌 됐나?"

"카즈키 님도, 스즈네 님도 모두 훌륭한 소질을 가지고 계셨습니다. 그런데……."

"……뭐지? 우사토는 애초에 말려들어서 이 세계에 왔네. 그의 뜻을 무시하는 일은 시키지 않을 거라네."

이 임금님, 정말로 너무 좋은 사람이에요.

"아닙니다! 저도 그 사실은 잘 알고 있습니다. 하지만 그의 적성이, 그게……."

"적성이 어떻기에 그러나? 설마 어둠을 관장하는 속성은 아니겠지? 하하하!"

임금님과 주변 사람들이 갑자기 웃음을 터뜨렸다.

그에 반해 조금도 웃지 않는 웰시 씨의 딱딱한 표정이 내 불안감을 높였다.

"치유계……입니다."

"하하……하? 지금 뭐라고 했나?"

"수정이 녹색으로— 즉, 우사토 님은 치유마법사가 될 수 있는 능력을 가지고 계십니다."

치유, 마법?

그 회복직 같은 마법은 뭐야?

““““……””””

왜 다들 입을 다무는 건가요? 어라? 그렇게 안 좋은 마법인가요?!

내 능력이 그렇게나 위험한 거야?! 웃어넘길 수 없을 만큼 위험한 거야?!

치유라는 이름을 보면 고치는 타입의 능력인 거죠?! 그런데 왜 장례식 같은 분위기가 되는 건가요?!

임금님이 나를 보고 크흠 하고 헛기침을 했다.

그리고 기쁨과 곤혹이 뒤섞인 이상한 표정으로 상황을 설명해 주었다.

“치유계 마법사는 희귀하거든. 평범한 마법사도 응급 처치 수준의 회복마법은 쓸 수 있지만, 그것을 아득히 웃도는 회복마법을 쓸 수 있는 것이 이 능력 계통의 강점이네. 실제로 이 나라에도 몇 명 있지.”

“그런데 왜……?”

“아니, 그, 뭐라고 하면 좋을까……. 그, 그래, 내일 우사토를 성 아래에 있는 마을 진료소에 파견하는 게 어떤가!”

너무나도 알기 쉬운 화제 전환에 점차 무서워지기 시작했다.

이 사람들은 내게 뭘 숨기고 있는 걸까?

“그게 좋겠소, 우사토 공!”

“그렇소!”

측근들도 다들 동의했다.

“좋은 얘기네요. 받아들이는 게 좋겠어요, 우사토 님!”

웰시 씨, 아까부터 줄곧 잡혀 있는 손에 점점 땀이 차고 있는데요…….

모두의 말에서 간청에 가까운 필사적인 마음이 느껴졌다.

"예? 하지만 이 나라에도 저랑 똑같은 치료 계통 마법사가 있다고……."

"아니, 그 두 사람은 몰라도 그 녀석은 안 돼! 여러모로 안 돼!"

그 녀석이라니 누군데? 임금님이 위험시할 만한 인물?

주위 사람들도 열심히 수긍하고 있는 걸 보면 어지간한 인물이라는 것은 이해할 수 있었다.

아무튼 승낙하려고 입을 열려는 순간, 한 위병이 허둥지둥 홀로 들어왔다.

"로이드 님! 로즈 님께서 오셨습니다!"

"뭐라?! 절대로 들이지 말라! 지금은 특히!"

"예?! 하, 하오나 그게……."

과연 로즈가 누구일까.

그 이름을 듣고 주위 사람들이 내게 「숨게! 지금 당장 숨어!」라고 외쳤다.

숨는 편이 좋은 거야? 하지만 웰시 씨가 내 손을 놔 주질 않는데…….

잠깐 놔 주세요, 웰시 씨……. 예? 미안? 왜 사과하는 거죠?! 눈물을 글썽거리는 웰시 씨에게서 벗어나려고 낑낑대고 있으니 홀 문이 벌컥 열렸다.

"로이드 님, 용사는 왔습니까?"

"아, 이런……."

와 버렸다고 말하듯 입을 막은 웰시 씨가 그렇게 중얼거림과 동시에 녹색 머리카락의 미녀가 들어왔다.

백의처럼 보이는 두꺼운 옷을 입고 있는 모습이 의사 같아 보였지만, 오른쪽 눈을 덮은 상처에서 흉포함이 느껴졌다.

성큼성큼 옥좌까지 온 여성은 땀을 줄줄 흘리는 임금님께 다가갔다.

"왜 제 얼굴을 보고 깜짝 놀라시는 겁니까? 제게 알려지고 싶지 않은 일이라도 있습니까?"

"그, 그렇지 않다네, 로즈. 오늘은 쉰다고 하지 않았나?"

"하하, 나라를 위해서 제가 쉴 일은…… 응? 넌 누구지?"

그때, 로즈라고 불린 여성이 날카로운 눈길로 이쪽을 보았다.

윽, 이 사람 뭐야, 무서워……. 다들 내 적성이 치유마법이라는 사실을 이 사람에게 들키고 싶지 않았던 건가?

"그, 그는 용사가 아니야! 불행하게도 이쪽의 실수로 휘말려 버린 소년이네!"

임금님, 필사적이시다.

"그렇습니까……. 꼬마야, 이름은 뭐지?"

"우, 우사토……입니다."

"우사토인가. 내 이름은 로즈다. 왕국의 구명단(救命團) 단장을 맡고 있지. 잘 부탁한다."

구명단? 내 눈에는 이 사람이 생명을 구할 것처럼은 보이지 않았다. 오히려 목숨을 사냥하는 일을 하고 있을 것 같은데요.

이마에 땀이 맺히는 것이 느껴졌다.

“이, 이만 슬슬 괜찮을까? 우사토도 피곤할 테니 쉬게 하고 싶다만.”

“그도 그렇군요. 로이드 님, 다른 용사는 어디 있습니까?”

“아아, 그라면…….”

“어이, 우사토! 괜찮아?!”

“갑자기 왜 달려간 건가요? 웰시 씨.”

뒤쫓아 온 카즈키와 이누카미 선배가 홀 안으로 들어왔다.

임금님은 카즈키와 선배 쪽을 보았다.

“저들이 용사네.”

“호오, 괜찮은 낯짝이군요.”

로즈의 관심이 내게서 카즈키와 선배에게로 넘어가자 임금님과 신하들이 노골적으로 안도한 표정을 지었다. 물론 나도 무서운 시선에서 벗어나 그저 안심했다.

“난 괜찮아, 카즈키.”

“……휴우, 뭐야. 네가 만진 수정이 초록색으로 바뀐 걸 보고 웰시 씨가 파랗게 질려서 데려갔을 때는 무슨 일인가 싶었다고. 하지만 아무 일도 아닌 것 같으니 다행이네…….”

아, 말해 버렸어.

위험하다. 그런 생각이 머릿속을 스친 순간, 다시 날카로운 시선이 내게 꽂혔다.

“초록색……이라고?”

로즈 씨가 나를 보고 입꼬리를 히죽 올렸다.

임금님의 얼굴이 창백해졌다. 물론 나도. 전에 없는 위기에 빠지고 말았다. 주범은 내 근처에 있는 남자, 카즈키.

나쁜 뜻이 없었다는 것은 알고 있다. 하지만 지금은 분위기를 파악해 줬으면 했어…….

공포로 다리가 후들거리는 나를 보고, 로즈 씨는 넋을 잃게 만들면서도 무시무시함이 느껴지는 미소를 짓더니 임금님 쪽으로 몸을 돌렸다.

“로이드 님, 이 소년을 잠시 빌리겠습니다.”

“웰시! 우사토를 피난시키게! 지금 그는 우리나라의 소중한 손님이야! 그곳에 보낼 수는 없어!”

“예? 그곳이라니…….”

임금님의 외침에 웰시 씨가 내 앞으로 나와 지팡이를 들었다.

웰시 씨 뒤에 숨게 되며 시야가 차단된 나는 옆으로 움직여 앞을 보았지만 이미 로즈 씨의 모습은 보이지 않았다. 웰시 씨도「어, 어디 계신 거죠?!」하고 당황했다.

그때 갑자기 부유감이 들었다. 누군가에게 안겨서 몸이 들린 것이다.

얼굴을 드니 어느새 옆으로 온 로즈 씨가 옆구리에 끼듯 나를 들어 올렸……다? 체중이 60킬로그램 정도 되는 나를 한 손으로, 심지어 거뜬히 들어 올렸어?!

"로이드 님. 이 소년은 제가 어엿한 치유마법사로 키워 내겠습니다!"

"잠깐! 제발 기다리게! 자네가 치유마법사를 원하는 건 알고 있어……. 하지만 그는 정말로 그저 휘말렸을 뿐이야—!"

임금님이 의자에서 일어나 나를 안아 든 로즈 씨를 불러 세웠다.

하지만 크게 웃고 있는 로즈 씨에게 그 말은 닿지 않았다. 나는 어떻게 해야 하는 걸까. 카즈키와 선배도 멍한 모습이었다.

어라? 이거 뭐야? 납치?!

이제야 새삼 자신의 상황을 이해한 내가 할 수 있는 일이라고는 맹수처럼 웃는 로즈 씨와 시선이 마주치지 않도록 노력하는 것뿐이었다.

***

우사토 군이 끌려가 버렸다.

나는 일단 마음을 진정시키고 로이드 왕 쪽으로 시선을 향했다.

"아아, 우사토는 관계없는 일반인인데……."

"우사토 군은 어디로 끌려간 건가요? 자기가 키우겠다고 했습니다만……."

지금 여기서 뛰쳐나가도 별수 없었다.

우선은 사정을 아는 로이드 왕에게 이야기를 들어야 했다.

"……웰시, 설명해 주게."

"예, 그러니까 그게……."

털썩 자리에 앉은 로이드 왕은 매우 피곤한 표정으로 웰시 씨에게 설명을 맡겼다.

로즈라는 여성을 상대하며 어지간히 정신력을 소모한 모양이었다.

웰시 씨는 나와 카즈키 군 앞으로 다가와 설명을 시작했다.

"그가 끌려간 곳은 이 성에서 조금 떨어진 곳에 있는 구명단이에요. 그곳은 단장인 로즈 님을 필두로 조수 다섯과 치유마법사 둘, 이렇게 총 여덟 명에 의해 운용되고 있죠."

"너무 적지 않나요?"

마물과 싸운다면 그런대로 인원수가 필요할 것 같은데…….

"충분해요. 마법사는 어떤 적성을 가지고 있든지 응급 처치 수준의 치유마법을 쓸 수 있거든요. 그래서 자신의 상처는 스스로 고칠 수 있어요. 물론 동료의 상처도……. 하지만 큰 부상은 바로 고칠 수 없어요. 그때 필요한 것이 그가 적성을 나타낸 치유계통 마법인 거예요."

직접 고칠 수 없는 상처를 고쳐 주는 것이 치유마법사의 진가라는 거군. 그렇다면 우사토 군은 이 나라에서도 귀중한 치유마법사가 될 수 있다는 뜻인가.

"그렇다면 왜 로즈라는 여성에게 우사토 군을 맡기지 않으려고 했던 건가요?"

"……로이드 님."

"상관없다."

웰시 씨는 로이드 왕에게 허가를 구했다.

역시 뭔가 사정이 있었나…….

"로즈 님은 치유마법사의 대가예요. 하지만 뭐라고 해야 할까…… 부하에 대한 교육 방침이 살짝 이상해서요."

"이상하다뇨?"

"그게, 저도 자세히는 모르지만……『구명단은 늘 죽음과 이웃해 있다! 따라서 네놈들에게는 그 어떤 곤경에서도 살아남을 수 있는 방법을 전수해 주마!』라며 단원들을 엄하게 지도하고, 그 심한 훈련을 견디지 못해 도망치는 단원이 끊이질 않아요. 실제로 왕국 기사단과 구명단의 합동 훈련에서 기사들이 로즈 님의 지도를 견디지 못하고 결국 구명단만의 훈련이 되었어요."

"그 기사? 라는 자가 견디지 못할 정도라면 로즈라는 인물은 상당한 실력자인가 보죠?"

내 물음에 로이드 왕은 무언가를 그리워하는 표정으로 턱을 매만지며 대답했다.

"그래. 지금은 구명단으로 옮겼지만 예전에는…… 아니, 이 얘기는 그만두지. 평범한 기사는 그 녀석을 당해 낼 수 없어. 그리고 마왕군이 침공해 왔을 때에는 구명단이 활약하여 대다수의 병사들이 살았지. 그 덕분에 마왕군을 격퇴할 수 있었다고 해도 좋을 정도야. 그런 공적에서 알 수 있듯 로즈의 교육 방침은 틀리지 않았어. 하지만……."

"하지만?"

"그 교육으로 완성되는 게…… 하아~."

아득한 눈빛이 된 로이드 왕은 크게 한숨을 쉬었다.

임금님도 마음고생이 끊이질 않는구나, 라고 생각하며 나는 우사토 군의 안전을 걱정했다.

***

로즈 씨가 나를 데려간 곳은 성에서 조금 떨어진 벽돌 건물이었다.

하늘은 이미 어두워진 상태였다.

로즈 씨의 재촉에 건물 안으로 들어가 보니 내부는 청결했고, 안쪽에는 환자용 침대와 약품 등이 놓여 있었다.

진료소 같은 인테리어를 보고, 의외로 깔끔하게 지낸다고 감탄하며 내부를 두리번거렸다.

"오늘부터 여기가 네 집이다."

"예?"

"어이! 신입 왔다! 나와!"

로즈 씨가 큰 목소리로 누군가를 불렀다.

그러자 건물 안쪽에서 어수선한 발소리 여럿이 일제히 다가왔다. 맨 처음으로 나타난 우락부락한 풍모의 남자가 로즈 씨 앞에 차렷 자세로 섰다.

엇? 뭐야, 이 사람 무서워!

"다녀오셨습니까, 로즈 누님!"

"오냐. 알렉, 내가 없는 동안 무슨 일 있었나?"

"평소처럼 아무도 오지 않았습니다!"

"그런가. 그건 좋은 일이지."

알렉이라고 불린 남자를 시작으로 남자들이 속속 나타났다.

그 멤버들을 보고 내 얼굴은 경직되었다.

여기만 세계가 달라……?

"소개하마. 오늘부터 내가 돌보게 된 우사토다. 친하게 지내라."

""""알겠습니다!""""

"좋아!"

좋지 않아!

무심코 캐릭터 붕괴를 일으킨 나는 눈앞에 늘어선 악당 같은 다섯 명의 얼굴을 보고 미래에 대한 공포를 느꼈다.

나, 살아서 돌아갈 수 있는 거야?

이곳은 도적의 아지트인가 하는 착각이 들어서 나도 모르게 로즈 씨의 얼굴을 보고 말았다.

"응? 뭐야? 아아, 이 녀석들 이름을 몰라서 그래? 그럼 다들 자기소개해라."

역시 이 사람, 전혀 이해하지 못하고 있어!

이 여성은 눈앞에 있는 남자들의 얼굴이 무섭지 않은 걸까, 비교적 진심으로 의심스러웠다.

……아, 그런가. 단장이니까 이 사람도 이 녀석들과 똑같은 타입의 인간이구나.

악당 같은 얼굴의 남자들은 내 주위를 에워싸기 시작했다. 뭘 시작하려는 거지? 난 언제든 넙죽 엎드릴 수 있어!

"나는 통, 특기는 소독. 잘 부탁한다, 신입."

다른 사람들보다 한층 신장이 큰 남자, 통이 한 발자국 앞으로 나와 낮은 목소리로 내게 자기소개를 했다.

히죽, 하고 비틀린 미소를 짓는 통을 보니 땀이 멈추질 않았다. 젠장, 소독이라니. 화염 방사기라도 난사하는 건가?!

통에 이어 다른 남자들도 한 명씩 자기소개를 시작했다.

"미르다. 잘 부탁한다, 신입."

"알렉이다. 잘 부탁한다, 신입."

"고무르다. 잘 부탁한다, 신입."

"굴드다. 잘 부탁한다, 신입."

"죄, 죄송합미다……."

울었다.

고등학교 2학년씩이나 돼서 우는 것은 꼴사납지만, 이 상황에서는 누구든 울 거라고 생각한다. 우락부락하게 생긴 남자들이 주위를 둘러싸 퇴로를 막고 사방팔방에서 내게 자기소개를 한단 말이다. 의식 같은 이 자기소개는 뭘까. 나는 공물인가?! 공물인 거냐?!

이 상황에서 울지 않는 게 이상해!

"어이, 네놈들! 신입한테 겁주지 마!"

"으억!"

통의 모습이 순식간에 시야에서 사라졌다. 로즈 씨가 그를 걷어찬 것이다.

이를 갈며 이마를 누른 그녀는 내 주위에 있는 네 명에게 호통쳤다.

솔직히 가장 무서운 건 당신입니다.

"친하게 지내는 건 딱히 상관없지만…… 알고 있겠지?"

"로즈 누님! 저희는 저희 나름대로 환영했을 뿐입니다!"

이게 환영하는 거였어?!

살짝 통통한 남자, 미르의 말을 듣고 아연실색했다. 이 잘못된 환대 정신에 전율을 숨길 수 없었다.

미르를 걷어찬 로즈 씨는 날카로운 눈으로 내 쪽을 노려보았다.

"정말이지……. 우사토, 이 녀석들은 치유마법사는 아니지만 내 부하다. 이 녀석들의 주된 일은 전쟁터에서 부상자를 확보하는 것. 그리고 치유마법을 쓸 수 있는 녀석이 두 명 더 있지만, 공교롭게도 그 녀석들은 다른 곳에서 일하고 있지. 그러니 내가 너에게 치유마법을 가르쳐 주마."

"예?"

"대답은?"

"앗, 예!"

"좋아, 그럼 내일부터 훈련을 시작하겠다. 방은…… 통, 네 녀석의 방이 비어 있었지?"

내 뜻은 어디론가 날아가 버린 건가요?

"저만 혼자 쓰고 있습니다."

"그럼 마침 잘 됐군. 이 녀석한테 이것저것 물어봐. 시간도 늦었으니 다들 쉬어라."

“““예이!”””

“네…….”

“따라와. 방을 안내해 주지.”

통을 따라가 방을 안내받았다.

안내된 방은 비교적 평범했다. 어질러져 있지도 않고 쓸데없는 물건도 없었다. 내 방이랑은 완전 다르다고 생각하며 침대에 앉았다.

의외네. 쇠사슬이나 화염 방사기 같은 게 놓여 있을 줄 알았는데…….

“어이, 신입.”

“왜 그러시죠?”

“나한테 말 높일 필요 없어. 반말로 해.”

“……알겠어.”

갑자기 통이 말을 걸어서 몸을 움찔 떨며 대답했다. 이 사람, 키가 엄청 커서 위압적이다. 말을 걸어오는 것만으로도 정신이 죽죽 깎여 나갔다.

통은 소박한 옷을 내게 던지더니 퉁명스럽게 내뱉었다.

“그게 훈련할 때 입는 옷이야. 상하의 갖춰서 세 벌 있으니 돌려가며 입어. 화장실은 이 방을 나가서 조금 더 가면 있다. 자세한 내용은 누님한테 듣겠지만…….”

“아, 고마워.”

계속 교복 차림으로 있는 것은 힘들었기에 이 옷은 고마웠다. 일단 옷을 갈아입고 통이 가르쳐 준 곳에 나머지 옷을 넣었다.

통은 이미 침대에 누워 내가 있는 곳과는 반대쪽으로 몸을 돌리고 있었다.

뭐야, 그냥 샤이보이인가? 이 츤데레 녀석.

“훈련은 고되니 빨리 자라. 특히 넌 치유마법 훈련이니까……. 내일은 지옥일 거다.”

“지, 지옥?”

“치유마법은 자신의 상처도 고칠 수 있어. ……더 말하지 않아도 알겠지?”

“…….”

요컨대 아무리 다쳐도 속행한다는 건가?

얼굴에서 핏기가 가셨다.

자기 상처조차 고칠 수 있으니 쉴 시간을 안 준다는 거군요. 압니다.

그래도 로즈 씨는 이곳의 보스다. 그녀에게 치유마법을 배우기 전에 조금쯤은 예습해 두고 싶었다.

원해서 여기 온 건 아니지만, 치유마법을 가르쳐 준다면 배워 보는 것도 나쁘지 않을지도 모른다.

“치유마법사에 관해 가르쳐 주지 않을래?”

이것은 기회였다.

이세계에서 치유마법이라는 특이한 힘을 다루는 방법을 익힐 수 있는 것이다. 아직 앞날이 불안하지만, 원래 세계에서 동경하던 비

일상을 즐길 수 있게 될지도 모른다.

그리고 내가 카즈키와 이누카미 선배를 보조할 수 있게 되면 도움이 될 터였다.

"뭐? 칫, 어쩔 수 없네. 치유마법사란 건 말이다, 좋게 말하면 치료에 뛰어난 마법사, 나쁘게 말하면 그것밖에 능력이 없는 마법사야."

"능력이 없다?"

"그래. 공격마법을 쓸 수 없으니 전투에서는 늘 표적이 돼. 여기서도 몇 년 전까지 치유마법사는 모멸의 대상이었어. 다른 나라에서는 지금도 『치유마법사는 쓸모없다』는 풍조가 남아 있지."

확실히, 전투 중에 표적이 되는 치유마법사는 쓸모없다고 취급받아도 별수 없을 것이다.

나도 게임에서는 항상 회복 요원을 먼저 제거했다.

"뭐, 실제로 나도 그랬으니까. 공격마법을 못 쓰는 치유마법사 따위 잔챙이라고 생각했었지만……."

"생각했었다?"

"……말이 좀 많았군. 잔다."

"엇, 너무 어중간한데……."

"시끄러워! 얼른 자, 멍청아!"

자리에 누우며 통이 소리쳤다.

굳이 호통칠 건 없잖아……. 야단맞은 것에 정신적으로 상처 입은 나는 침대 속에서 살짝 눈물을 훔치며 내일부터 시작된다는 훈련에 대비했다.

제2화 지옥의 시작!

로즈 씨에게 일기를 쓰라는 말을 들어서 오늘부터 적어 보려고 한다.

이쪽 세계의 글자는 못 쓰지만, 나만 읽을 수 있다는 점에서 비밀로 할 수 있으니 좋다고 치자.

하루하루의 울분을 여기에 적어 주겠어.

1일째

우선 오늘 있었던 일을 적겠다.

어제 톰이 지옥이라고 한 훈련은 의외로 쉬웠다.

우선 마력을 느끼는 것. 이건 간단히 성공했다. 가슴 중심 부근에 따뜻한 무언가가 솟구치는 감각이 마력이라는 모양이다. 그 마력을 몸 밖으로 내보내는 것이 내가 다음으로 해야 할 일이라고 로즈 씨가 말했다.

마력 연습을 마무리한 다음에는 이 세계의 지식을 공부했다.

로즈 씨는 책상에 날 앉힌 뒤 두꺼운 책을 건네더니 딱 한 마디 「읽어」라고 말했다. 상당히 터무니없는 소리를 하는 선생님이다.

내가 이 세계 글자를 읽을 수 있을 리 없다고 반론했더니 야단맞았다. 용사로 소환된 인물은 문자 번역 마법이 자동으로 걸린다고 한다.

확실히 책의 글자가 읽혔다.

마법이란 대단하구나.

책에 따르면 이 세계에는 몬스터가 있는 것 같다. 그야말로 이세계라는 느낌이라 기쁜 나머지 나도 모르게 괴성을 질러서 로즈 씨한테 맞았다.

엄청 아팠다.

묵묵히 책을 읽어서 이 세계에는 다종다양한 종족이 있다는 것도 알게 되었다. 개중에는 게임에 나올 만한 종족도 있었다.

그밖에 알게 된 것이라면 링글 왕국 말고도 많은 나라가 있다는 점이다. 주로 인간의 나라뿐이지만.

내가 묵묵히 두꺼운 책을 읽는 동안 로즈 씨는 말없이 앞자리에 앉아 있었다.

압박감이 장난 아니었습다.

하지만 매일 이런 훈련이라면 나도 해 나갈 수 있지 않을까?

불쌍한 녀석을 보는 눈으로 통이 나를 보던 것이 신경 쓰이지만…….

뭐, 내일도 열심히 훈련해야지.

2일째

죽어라 달렸다.

3일째

근육통으로 온몸이 움직이지 않게 될 때까지 달렸다.

휴식 따위 없이, 쓰러지면 로즈 씨가 내 몸을 고쳐서 달리게 했다.

그 사람 진짜 제정신이 아니다. 「다리를 단련해, 그럼 안 죽어」라든가, 「달리면서 마력을 느껴」라든가. 어라? 내가 상상하던 마법 훈련과 달라!

나는 당신의 노예가 아니라고 했더니 「죽을 각오로 해, 죽으면 고쳐 주지」라고 했다. 그 사람 앞에서는 죽음조차 휴식이 될 수 없다.

이어서 「제 다리는 엉망이에요! 무리예요, 살려 주세요!」라고 말하며 엎드려 로즈 씨에게 목숨을 구걸하자, 말없이 허벅지 근처를 찰싹 때렸다. 아파서 땅을 구르니 다리의 통증은 없어졌다.

「근육통은 강제로 고쳤다. 냉큼 뛰어, 쓰레기」라고…… 진짜 미쳤어.

4일째

오늘은 다른 단원들과 훈련했다.

근력 트레이닝의 수준을 넘어섰다. 구명단 훈련이라기보다 군대 훈련 같았다.

이상한 구호를 외치며 전력 질주에 가까운 속도로 달리는 험상궂은 남자들.

당연히 나는 낙오되었다.

그런 내게 로즈 씨가 한 말이 「어이, 뒤처진 벌레가 있는데?」였다.

카즈키, 살려 줘.

치유마법을 배우기 전에 내가 먼저 죽어 버리겠어.

5일째

내 마음속 SOS가 전달됐는지 카즈키와 이누카미 선배가 찾아왔다.

두 사람은 성에서 훈련하고 있는 모양이다.

선생님으로는 마법사 웰시 씨와 군단장 시구르스 씨라는 사람이 붙었다고 한다.

시구르스 씨는 매우 엄격하지만 좋은 사람이란다.

그리고 임금님의 딸인 세리아 공주님이 카즈키의 훈련에 자주 참석한다고 했다.

……아무 말도 할 수 없어.

나는 뭐하고 있냐는 질문을 받았지만 달렸다고만 전해 두었다.

카즈키는 의문스러운 표정을 지었으나 이누카미 선배는 내 다리를 보고 숨을 삼켰다.

선배가 살짝 만져 보고 싶다고 했지만 선배의 숨이 거칠었기에 무시했다.

두 사람 다 노력하고 있구나. 나도 열심히 해야지.

6일째

오늘도 달렸다.
달리는 중에 희미한 초록색 빛이 손에 모여 있는 것을 깨달았다.
나는 그때 생각했다. 「지금 이거 필요해?」 라고.
오늘도 로즈 씨는 냉혈귀축할망구(웃음)였습니다.
못 읽기에 적을 수 있는 욕이지.

7일째

그 사람은 초능력자라도 되나?
아니면 내 얼굴에 드러났던 건가.
죽을 만큼 달렸고, 머리가 이상해질 만큼 얻어맞았다.
「짜증 나니까 엄격하게 하겠어」라니 그게 무슨 소리야?!
괴력고릴라…… 반드시 복수하겠어.

8일째

나는 정말 학습 능력이 없다.

9일째

치유, 필요 없지, 않아.

치유, 매우 필요.

10일째

마음이 피폐하다.

치유 마력을 몸 밖으로 내보낼 수 있게 된 뒤로는 아무리 달려도 지치지 않게 되었다.

나날이 야위어 가는 나…….

로즈 씨 밑에서 훈련한 지 열흘. 처음에는 마법을 배우고 싶다는 마음과 카즈키랑 이누카미 선배를 돕고 싶다는 마음으로 훈련했었다.

하지만 마법 재능이든 뭐든 전부 차원이 다른 두 사람을 평범한 내가 도울 수 있을까. 최근에는 그런 의문이 머릿속을 빙글빙글 맴돌고 있다.

이런 생각을 로즈 씨에게 말하면 얻어맞겠지만 나는 내 목표를 잃어 가고 있다.

하지만 구명단 훈련만큼은 적어도 내 의지로 하고 있다는 자각은 있다. 로즈 씨가 억지로 집어넣은 곳이지만 여기까지 와서 도망치고 싶지는 않다. 마지막까지 훈련을 모두 해내서 그 사람에게 한 방 먹여 주겠어…….

그보다 로즈 씨라고 하기도 싫네.

그냥 로즈라고 하자.

11일째

오늘부터 새로운 메뉴가 추가되었다.

팔 굽혀 펴기다. 일단 1,000번 하라길래 치유하며 담담히 해냈다.

내 모습을 보고 어째선지 로즈는 만족스러운 표정을 지었다. 내 얼굴에 뭐 묻어 있기라도 했나?

오늘은 거의 혼나지 않고 훈련이 끝났다.

솔직히 무섭다. 보통은 「야호~ 오늘은 안 혼나고 끝났다~!」 하고 두 손 들고 기뻐할 텐데…….

12일째

아침부터 점심까지 달린 후, 밤까지 팔 굽혀 펴기.

그것 말고 아무것도 쓸 게 없다. 굳이 말하자면, 어쩐지 몸이 가볍다.

13일째

무언가를 깨달았는지 로즈가 내 몸에 추를 달았다……. 엄청 무거웠다.

뛰는 나를 보고 위병이 질색하는 모습 따위, 나는 못 봤어.

14일째

통 녀석이 내 점심 도시락을 멋대로 먹어 치웠다.

그 자식, 용서 못 해.

통에게는 나중에 보복하기로 하고, 생각해 보면 훈련을 시작한 지 2주가 지났다.

이러니저러니 해도 나는 잘 해내고 있다.

달리는 것도 힘들지 않고, 최근 달게 된 추도 어느 정도 달리니 금방 익숙해졌다.

어라? 혹시 나 세뇌당하고 있는 건가……?

***

나와 카즈키 군, 그리고 우사토 군이 이 세계에 소환된 지 약 3주가 지났다.

줄곧 훈련 삼매경에 빠져 지낸 덕분인지 나도 그런대로 싸울 수 있게 됐지만…… 실전에서 제대로 싸울 수 있을지는 아직 미지수다.

지금은 오전 훈련이 끝나고 훈련장 한편의 나무 그늘에서 점심을 먹는 중이다.

"카즈키 군도 꽤 강해졌어."

"선배한테는 못 이겨요."

카즈키 군도 맹렬한 속도로 성장하고 있었다.

나도 링글 왕국 최강의 기사 시구르스와 우수한 마법사인 웰시를 상대로 무승부를 따낼 수 있을 만큼 강해졌다. 상당히 봐주고 있다는 것은 알지만, 그들이 우리의 성장에 제법 놀라고 있다는 것은 알 수 있었다.

하지만 나는 아직 부족했다.

이 나라의 마법에는 로망이 부족하다. 살짝 강한 전격을 날리기만 해도 폭풍 박수갈채……. 카즈키 군이라면 얼굴이 새빨개져서 쑥스러워하겠지만 난 아니다.

더욱 광범위하게 콰광 하는 기술이라든가, 번개 펀치라든가, 좀 더 변태적인 기술을 쓰고 싶어……!

"직접 만들 수밖에 없나……."

"왜 그러시나요?"

어이쿠, 안 되지. 생각이 새어 나가 버린 모양이네.

나에게 말을 건 금발 벽안의 소녀는 로이드 왕의 딸, 세리아 블루가스트 링글.

그녀 같은 인물이 왜 여기에 있는가 하면, 때는 우사토 군이 로즈에게 끌려간 뒤까지 거슬러 올라간다.

로이드 왕은 우사토 군을 다시 데려오는 것은 어렵겠다고 판단했다.

그리고 나와 카즈키 군에게 군단장인 시구르스와 뛰어난 실력자라고 평가받는 마법사 웰시, 이 두 사람을 교육 담당으로 붙였다. 그때 함께 부른 딸 세리아에게 그녀 또래인 우리를 소개한 것이 시작이었다.

"……."

점심을 다 먹은 카즈키 군은 성 밖 풍경을 바라보고 있었다.

흠, 근심 어린 표정을 보면 우사토 군을 걱정하고 있으려나?

"……우사토, 지금 어쩌고 있을까……."

너는 참 알기 쉽구나.

저번에 만났을 때 우사토 군은 몹시 야위어 있었다.

이세계 생활에 익숙해지기 힘든 건지, 아니면 구명단 훈련이 그렇게나 가혹한 건지…….

"우사토 님은 어떤 분이신가요?"

우사토 군에게 흥미를 느낀 세리아가 그에 관해 물었다.

내가 대답하기도 전에 카즈키 군이 먼저 가슴을 쭉 펴고서 이야기하기 시작했다.

"응? 아아, 이 세계에 같이 온 친구야. 뭐, 친구가 된 건 소환되기 조금 전이지만."

"그 기뻐하던 모습을 보건대, 카즈키 군에게 동성 친구가 없다는 건 사실이었던 모양이야."

"아, 아니에요!"

친구 정도는 있어요, 하고 자신 없이 중얼거린 카즈키 군을 보고 세리아가 작게 웃었다.

뭐, 난 알고 있지만 말이지. 주위 남자들이 다가오지 않았던 카즈키 군의 학교생활을 생각하면, 우사토 군은 설령 친구가 된 지 얼마 안 됐어도 소중한 존재일 것이다.

"그분은 어디 계신가요?"

"구명단이라고 했던가?"

"구, 구명단이요?!"

"맞죠? 선배."

"맞아."

나는 전에 만났던 우사토 군의 모습에 의문을 가지고 있었다. 나는 원래 있던 세계에서 다양한 스포츠를 즐겼기에 몸의 구조…… 특히 근육 구조에 관해서는 어느 정도 지식이 있다.

우사토 군의 두 다리는 눈을 의심할 정도로 발달해 있었다. 그에 맞춰 상체 근육도 단련되어 있었다. 아직 훈련을 시작한 지 일주일도 지나지 않았었는데 말이다.

만져보면 여러 가지 알 수 있었을 텐데, 우사토 군은 심술쟁이라니까.

하지만 단기간에 급격한 트레이닝은 몸에 좋지 않았다. 그런 면을 생각하면—.

"걱정되네……."

"선배?"

"아니, 아무것도 아니야. 세리아, 아까 구명단이라는 말을 듣고 놀라던데, 거기서 무슨 일 있었어?"

"아뇨, 그…… 최근 구명단에 관한 이상한 소문이 성에 퍼져 있어서……."

"소문?"

그 소문에 관해 그녀는 뭔가를 알고 있는 모양이었다. 그 증거로 우사토 군의 이야기를 들은 뒤로 우리와 전혀 눈을 맞추지 않았다.

혹시 우사토 군에게 뭔가 안 좋은 일이 있었던 건가?

그녀는 우물거리면서 나직이 말을 자아냈다.

"어디까지나 소문이에요. 구명단에 들어간 신입이 구명단 단원조차 쩔쩔매는 훈련을 묵묵히 해내고 있다고 해요. 위병분들이 그런 얘기를 하시는 걸 언뜻 들어서……."

"……정말로 걱정되기 시작했어. 오늘 훈련은 여기서 마무리하고 우사토 군을 보러 가지 않을래?"

"앗, 저도 갈래요."

얼굴 근육이 경직되는 것을 느끼며 두 사람에게 그렇게 고하자 카즈키 군도 똑같이 얼굴을 굳히면서 고개를 끄덕였다.

오후 훈련을 쉬기로 한 카즈키 군과 나는 세리아와 함께 우사토 군이 있는 구명단 숙소로 향했다. 역시 공주님을 성 밖으로 내보내는 것은 위험했기에 호위로 시구르스도 따라왔다.

구명단 숙소가 있는 곳은 나무들이 무성하고 사람이 보이지 않았다.

저번에 왔을 때에는 숙소 앞에 우사토 군이 있었지만…….

"이곳에 우사토 님이……?"

"그럴 텐데…… 없네."

"지금은 오후 훈련 중이지 않을까?"

"그럼 찾아볼까? 방해될 것 같으면 돌아가면 되고. 시구르스 씨, 안내를 부탁할 수 있을까요?"

"알겠습니다. 그럼 따라오십시오."

모습만 보려는 것이라서 오래 있을 생각은 없었다. 시구르스를 선두로 구명단 훈련장을 향해 무성한 나무들 사이를 걸어갔다.

늘 성의 풍경만 보는 세리아에게 바깥 경치는 신선한지 그녀는 반짝이는 눈으로 두리번두리번 주위를 둘러보며 카즈키에게 말을 걸었다.

"와아…… 굉장하네요, 카즈키 님."

"세리아 님, 제게서 너무 떨어지시면 안 됩니다."

"시구르스는 너무 과보호예요!"

하지만 그녀는 일국의 공주였다. 시구르스가 과보호하는 것도 무리는 아닐 것이다.

난처한 표정을 지으며 선도하는 시구르스에게 카즈키 군이 미안하다는 얼굴로 사과했다.

"죄송합니다, 시구르스 씨."

"아뇨, 신경 쓰지 않으셔도 됩니다. 저도 로즈에게 용건이 있으니……. 이 앞에 훈련장이 있습니다. 아마 그곳에 우사토 님이 계실 겁니다."

"그런가요!"

시구르스가 가리킨 방향을 응시했다.

전에 만난 이후로 그는 그동안 어떤 성장을 이루었을까. 그런 생각을 하며 숲을 빠져나가자 직경 30미터쯤 되는 광장이 나타났다.

그 광장 중심에 팔 굽혀 펴기 중인 우사토 군이 있었다. 하지만 옆에 있는 카즈키 군에게서 기뻐하는 목소리는 나오지 않았다. 그것은 나도 마찬가지였다.

""……""

"왜 그러시나요? 대체 무슨 일이—?!"

"흡! 흡! 흡! 흡! 흡!"

"어이, 페이스가 떨어졌어. 네놈은 애벌레냐? 무게 좀 늘린 것 정도로 죽는소리하지 마."

"누가! 죽는소리! 한다는 거야!"

"군말하지 마."

팔 굽혀 펴기 중인 우사토 군.

그리고 그 등에는 커다란 블록형 왕바위.

어림잡아 50킬로그램 정도일까. 그것이 우사토 군의 등에 올려져 있었다.

그리고 그 바위에 거만하게 앉은 구명단 단장 로즈의 모습이 보였다.

"……칫."

"으음~? 혀 차는 소리가 들린 것 같은데~?"

지금 우사토 군이 혀를 찼다.

저건 정말로 우사토 군일까?!

소환되기 전에 우리와 즐겁게 이야기꽃을 피웠던 그 다정한 소년은 어디로 가 버렸을까!

"로즈 씨가 너무 가벼워서 깜짝 놀랐거든요……. 무심코 혀를 차고 말았네요."

"호오~ 기쁜 말을 해 주는군. 그런 여유가 있다면 무게를 좀 더 늘려도 문제없겠어."

땅으로 내려온 로즈는 근처에 놓여 있던 블록형 왕바위를 가볍게 들어 올리더니 우사토 군의 등에 놓인 왕바위 위에 쌓아 올렸다.

우사토 군은 쿵 하는 효과음이 달릴 듯한 기세로 팔이 후들거리며 몸이 가라앉았지만, 이를 으드득 악물고 질 수 없다는 듯이 팔 굽혀 펴기를 계속했다.

그 모습을 보고 로즈는 활짝 웃었다.

"꽤 괜찮은 느낌으로 내 취향이 됐군. 이 정도면 생각보다 빨리 거기에 데려갈 수 있겠어. 응? 너희는……."

내 취향……이라고? 혹시 자기 색으로 물들이기 위해 이런 짓을 하고 있는 건가?

판타지라기보다는 격투 영화의 수행 장면 같은 모습과 조우하고 곤혹스러워졌다.

카즈키 군은 눈을 비비고 있었다. 이 광경을 꿈이라고 생각하는 모양이다. 그럴 만도 했다. 평범한 소년으로 보였던 우사토 군이 눈을 흉흉하게 빛내며 팔 굽혀 펴기를 하고 있었다. 현실 도피하고 싶어지는 것도 별수 없는 일이리라.

하지만 군단장 시구르스는 화난 표정으로 로즈 곁으로 다가갔다.

"여, 시구르스. 이런 곳에 용사님과 공주님을 데리고 무슨 일이야?"

"네 녀석은 뭐 하고 있는 거지?"

"아?"

"뭐 하고 있는 거냐고 물었다! 전도유망한 젊은이를 이렇게 망치는 짓을 하다니!"

시구르스가 로즈의 멱살을 잡아 올리고 호통을 쳤다.

시구르스가 화내는 것도 이해는 갔다. 그녀가 우사토 군에게 하는 짓은 훈련이라고 부를 수 있을 만큼 간단한 것이 아니었다. 오히려 고행에 가까웠다.

멱살을 잡힌 로즈는 조금 전의 웃음을 감추고 무표정하게 시구르스의 팔을 붙잡았다. 그 악력에 시구르스의 비갑(臂甲)이 와지끈 소리를 내며 일그러졌다.

시구르스는 찌그러져 가는 비갑에는 눈길도 주지 않으며 로즈의 옷깃을 놓지 않았다.

"놔. 당신의 기사도 정신은 훌륭하지만, 그걸 내게 강요하지 말아주겠어? 내게는 내 방식이 있으니까……. 그리고 이 녀석은 내 오른팔로 삼을 거야. 이 정도도 가볍게 해내지 못하면 곤란해."

"오른팔……이라고?"

"그래. 아주 엄청난 걸 주웠어. 지기 싫어하는 성격도 좋고, 굴복하지 않는 점은 더욱 좋지. 게다가 내 훈련을 따라올 수 있기까지 해."

나는 로즈의 눈을 보고 무심코 뒷걸음질 쳤다.

그녀의 눈이 어딘가 다른 곳을 보고 있었기 때문이다.

이쪽을 보고 있을 텐데 이쪽을 보고 있지 않았다. 그런 모순을 내포한 눈이었다.

"정상이 아니군! 네 녀석을 군대로 다시 데려오라고 왕께 명받았지만, 그 모습을 보니 무리일 것 같군!"

"하하! 오른쪽 눈이 떠지지 않으니 어차피 무리야."

"헛소리를—!"

자신의 떠지지 않는 오른쪽 눈을 가리키며 로즈는 그렇게 단언했다.

그녀는 오른쪽 눈에 새겨진 상처를 핑계로 군대에 돌아가길 거부하고 있는 걸까? 로이드 왕이나 웰시의 이야기로는 눈의 상처 따위 상관없을 만큼 유능한 사람인 것 같은데…….

흥! 하고 콧방귀를 뀌고서 우리가 있는 곳으로 돌아온 시구르스는 걱정스럽게 지켜보던 세리아에게 다가갔다.

"세리아 님, 잠시 자리를 비우겠습니다. 카즈키 님 곁에 꼭 붙어계십시오."

"예? 예에……."

"진정되면 바로 돌아오겠습니다."

그렇게 세리아에게 말한 시구르스는 숲속으로 사라졌다.

스스로도 이 이상 여기 있으면 로즈와 싸움으로 발전할 것을 알고 있기에 배려한 것이리라.

"시구르스는 어딘가로 갔고…… 용사와 공주님은 이거한테 할 얘기가 있는 겁니까?"

"사람한테 이거라뇨. 그리고 어떻게 된 겁니까? 날 오른팔로 삼겠다고요? 앗싸, 오른팔이 되면 제 오른쪽 주먹을 로즈 씨에게 선물해 드리죠. 자자! 오른팔을 원한다면 얼굴을 내밀어 주세요!"

"그 전에 내가 선물해 주마……라고 하고 싶지만, 모처럼 용사님들이 왔으니 하고 싶은 얘기도 있겠지. 점심도 겸해서 휴식이다."

로즈는 우사토 군을 향해 오른쪽 주먹을 들었다가 우리를 보고 마음이 변했는지 주먹을 내리고 숙소 방향으로 걸어갔다.

그 뒷모습을 지켜보다가, 등 위에 올려진 바위를 지면에 내리고 기지개를 켜는 우사토 군에게 다가갔다.

"괜찮아?"

"괜찮지만…… 그쪽 분은?"

우리와 함께 온 세리아를 보고 우사토 군은 의문을 나타냈다.

"저는 세리아 블루가스트 링글이라고 해요. 세리아라고 불러 주세요, 우사토 님."

"우, 우사토 님이라니……. 게다가 임금님의……?"

"네, 딸입니다."

임금님의 딸이라는 말에 우사토 군은 살짝 패닉에 빠졌다. 여성에게 「님」이라고 불리는 것이 어색할 것이다. 카즈키 군도 처음에는 당황했고 말이지.

평범하게 대해 달라고 세리아가 말하자 우사토 군도 마지못해 고개를 끄덕였다.

"그러고 보니 카즈키랑 선배의 훈련은 어떤 식이야? 두 사람 다 강해졌다는 건 대충 알겠는데……."

""……""

"왜 입을 다무는 거야?"

우리 훈련은 우사토 군의 훈련처럼 가혹하지 않다고 말할 수 없었다……. 그렇다고 쉽지는 않지만.

실제로 우리가 하는 훈련은 몸이 망가지지 않도록 배려하면서도 효율적으로 전투력을 높일 수 있게 면밀하게 짜여 있지만, 우사토 군의 훈련은 달랐다. 몸에 무리가 가는 것을 고려하지 않고 한계마저 넘어선 위험한 훈련이었다.

조금 전의 그 정도를 벗어난 트레이닝과 소문 내용을 조합해 보면 3주 동안 그런 훈련을 계속 받았으리라고 추측할 수 있었다.

체격은 그다지 변하지 않은 것처럼 보이나, 그의 몸은 이 3주간 상식적으로 생각할 수 없을 만큼 변화를 이루었음을 나는 간파하고 있었다.

보고 싶다……. 나는 무심코 그의 셔츠를 잡았다.

"잠깐 괜찮을까? 우사토 군."

"예? 왜 그러시나요, 이누카미 선배…… 우왓?!"

우사토 군이 입고 있던 옷을 걷어 올렸다.

그 광경을 보고 있던 세리아의 뺨이 빨개졌다.

그렇군, 과도한 훈련에 의한 근육 손상을 치유마법으로 억지로 고친 결과가 이 밀도 높은 근육인 건가. 지구력은 물론이고, 심상치 않은 힘을 끌어낼 수 있을 것이다. 인간의 제약을 넘어설 정도로…….

"몰라보겠어, 우사토 군. 굉장한 근육이야!"

"이누카미 선배, 뭔가 흥분한 것 같은데요."

"아냐아냐, 이 짧은 기간에 이렇게까지 만들어 내다니, 감동했어."

정말로 잘도 이렇게까지 혹사했다.

"카즈키 님, 스즈네 님은 갑자기 왜 저러시는 건가요?"

"미안, 세리아. 나도 모르겠어."

찰싹 붙어 떨어지지 않는 내가 짜증 났는지 우사토 군은 강제로 나를 떼어 냈다.

살짝 아쉽지만 일단 여기선 물러나기로 하자.

"하아, 그래도 두 사람이 건강해 보여서 다행이네요."

"우사토는…… 건강한 것 같네."

"하하하, 최근에는 그것밖에 장점이 없는 것 같아."

우사토 군은 지친 모습을 보이지 않고 쾌활하게 웃었다.

그 모습을 보고 카즈키 군은 안도한 얼굴로 숨을 내쉬었다.

"우리 걱정도 기우였던 모양이야."

"걱정? ……뭐, 상관없나. 다음에는 내가 그쪽으로 갈게. 성에서 하는 훈련도 보고 싶고."

성 쪽으로 아득한 눈빛을 보내는 우사토 군을 보고 세리아는 작게 「굉장하신 분이네요」라며 전율했다.

기사의 훈련 수준이 구명단의 훈련량과 똑같다고 생각하고 있을 우사토 군에게, 성의 훈련은 그다지 보여 주고 싶지 않을 것이다. 아마 기사의 사기가 내려가리라.

"우사토는 늘, 아까 같은 훈련을 하고 있는 거야?"

카즈키 군이 다소 조심스럽게 묻자 그는 곤란한 표정으로 머리를 긁적였다.

"응. 오늘은 그나마 무난한 편이야."

"그게 무난한 편이구나……."

무시무시하네.

하지만 정신적으로는 어떨까.

그는 우리 사정에 휘말려서 오게 된, 아무 상관없는 일반인이다. 그런 그가 거의 강제적으로 구명단이라는 곳에 내던져져서, 힘들고 고된 훈련을 해야만 하는 것에 아무런 생각이 없을까…….

"우사토는, 힘들지 않아?"

"어?"

나와 똑같은 생각을 했는지 카즈키 군이 그런 질문을 했다. 그 말을 듣고 우사토 군은 어리둥절한 것 같았지만, 몇 초간 생각하는 모습을 보이더니 곧장 대답을 돌려주었다.

"엄청 힘들어. 처음에는 몇 번이나 도망치고 싶다고 생각했어."

"지금은 달라?"

카즈키 군의 말에 고개를 끄덕인 그는 오른쪽 손바닥을 우리에게 보이도록 들었다.

그러자 그의 오른손에서 예쁜 초록색 마력이 방출되었다.

"여전히 단장은 무섭지만 도망치고 싶다는 생각은 들지 않게 됐어. 이 치유마법 덕분에 심한 꼴을 당했지만, 지금은 힘들었던 훈련도 조금은 즐겁다고 생각하게 됐고 말이지. 그리고 여기서 보내는 생활도 그렇게 나쁘지 않고."

살짝 과하게 떠들썩하지만 말이야, 쓰게 웃으며 그렇게 말하는 그에게 나는 감탄하고 말았다.

"너는 대단하구나……. 벌써 자신이 있을 곳을 찾았어."

"대단하진 않아요. 저는 그저 이누카미 선배와 카즈키의 걸림돌이 되지 않으려고 필사적이었을 뿐인걸요."

"걸림돌이라니, 우리는 그런 생각 절대로 안 해."

카즈키가 섭섭하다는 듯 우사토 군의 말을 부정했다.

나도 그를 걸림돌이라고는 생각하지 않았다.

하지만 말려든 입장인 그가 그렇게 생각하는 것도 어쩔 수 없는 일일지도 모른다.

그렇게 생각하던 나는 카즈키 군의 말에 쓰게 웃는 우사토 군을 보고 살짝 놀랐다.

"그런 게 아니야. 이건 내 고집 같은 거야. 두 사람이 용사로서 마왕군과 싸워야만 하는데 나 혼자 태평하게 있을 수는 없으니까."

"하지만 우사토가 마왕군과 싸울 필요는……."

"물론 싸울 각오 같은 건 전혀 안 되어 있어. 하지만 가만히 있을 수가 없는걸. 뭐라도 해야지, 안 그러면 열심히 노력 중인 카즈키와 선배에게 미안해."

고집인가, 그렇군. 그렇다면 우리가 할 수 있는 일은 아무것도 없다. 그가 스스로 정해서 하고자 하는 일이었다. 누구도 그것을 바꿀 수는 없었다.

"그럼 내가 위험에 처했을 때 구해 줘, 우사토 군."

"아니, 그…… 갑자기 그렇게 평범한 여자애처럼 말해도……."

"평범한 여자야! 넌 날 뭐라고 생각하는 거야?!"

"확실히 스즈네 님은 평범한 여자라고 하기 어렵죠……."

세리아, 너까지…….

카즈키 군에 이르러서는 우사토 군과 함께 웃고 있었다.

어라? 꽤 괜찮은 이야기 흐름이지 않았어? 왜 내가 농락당하는 흐름이 되는 거지……?

그 후 가벼운 잡담을 나누고 있는데 숲 쪽에서 거한 한 명이 한 손에 도시락 같은 것을 들고 다가왔다.

"어~이, 우사토! 자상한 이 몸께서 네놈의 도시락을 가져왔다!"

이때 나는 우사토 군의 이마에 혈관이 빠직 불거지는 것을 보았다.

우사토 군은 온화한 인물이라고 생각했는데 그가 이런 귀신 같은 표정을 짓다니, 순간 악몽인가 싶었다.

하지만 현실은 너무나도 비정했다.

우사토 군이 키 큰 남자를 향해 폭언을 내뱉었기 때문이다.

"무슨 낯짝으로 내 도시락을 가져오는 거야? 등신아! 그 모자란 뇌로 일주일 전 일을 떠올려 보라고!"

"뭐 인마?! 무슨 소린지 모르겠는데! 멍청한 나도 알 수 있게끔 말해, 이 화상아!"

"이 이상 알기 쉽게 표현하면 아기들 말이 되거든?! 아, 그렇지! 통 군은 머리에 뇌가 아니라 솜이 가득 차 있었지!"

"너 이 자식…… 그 일을 언제까지 물고 늘어질 셈이야? 어린애냐!"

"그 어린애의 밥을 멋대로 먹어 치운 녀석한테 듣고 싶지 않아!"

단숨에 거리를 좁힌 우사토 군이 키 크고 우락부락한 남자에게 날라차기를 날렸다.

그것을 수월하게 피한 남자는 입꼬리를 실룩거리며 우사토 군을 노려보았다.

"위험하잖아! 맞았으면 어쩔 뻔했어! 그래, 좋아……. 누님이 오시기 전에 네 녀석을 두들겨 패 주마……!"

"하! 할 수 있으면 해 보시지!"

그대로 몸싸움을 벌이기 시작하는 우사토 군과 무섭게 생긴 남자를 멍하니 보고 있는데, 옆에 있던 카즈키 군이 곤혹스러워하면서도 「하하하!」 하고 즐겁게 웃음을 터뜨렸다.

"저게 우사토의 일상인 거군요."

"그러네. 그는 여기서 열심히 노력하고 있어."

쓸데없는 걱정이었네.

그는 과할 정도로 씩씩하게 이 세계를 살아가고 있었다. 오히려 우리 이상으로 이 세계에 익숙해졌을지도 모른다.

살짝 방식이 거칠지도 모르지만 말이야.

"뭔가 나도 가만있을 수 없는데? 성으로 돌아가서 훈련해야겠어요!"

"아, 기다려 주세요, 카즈키 님!"

우사토 군과 이야기하고 좀이 쑤시는지 카즈키 군이 성을 향해 달리기 시작했다. 그 뒤를 세리아가 쫓아갔다.

두 사람의 등을 바라보던 나는 다시 한 번 우사토 군 쪽으로 얼굴을 돌렸다.

나랑 카즈키 군이 용사로 소환된 것, 그리고 네가 말려들어 치유 마법사로서 눈뜬 것에는 어떤 의미가 있을 거라고 생각해. 너는 그저 우연일 거라고 말할지도 모르지만 말이야.

"함께 힘내자, 우사토 군."

몸싸움 중인 우사토 군을 보고 나는 그렇게 중얼거렸다.

제3화 가혹! 링글의 어둠!

로즈가 나를 구명단에 집어넣은 지 한 달이 흘렀다.

그사이에 내 몸은 큰 변화를 이루었다.

우선 신체 능력이 현격히 향상됐다. 이것은 이해할 수 있었다. 지옥 특훈의 성과였다.

달리기부터 시작해서 팔 굽혀 펴기, 윗몸 일으키기 등, 단계적으로 각 부위를 철저히 단련했다. 이른바 마른 근육질 몸매라는 걸까. 원래 세계에 있었을 때에는 상상도 못했을 만한 신체 변화였다.

로즈가 말하길, 몸을 철저히 단련하는 것은 전장에서 빠르게 도망치기 위해서라고 한다.

빨리 달리면 그만큼 빨리 살 수 있다. 훈련 중 로즈의 말버릇이었다.

구명단, 그리고 그곳에 소속된 치유마법사의 목적은 다친 사람이나 죽을 지경에 처한 사람을 구하는 것이었다. 남을 고칠 수 있다면 돕는 것은 당연하다고 하겠지만, 그것을 실행하는 것은 상당히 어려웠다. 전장에 방치된 부상자를 문자 그대로 옮겨야 했다. 어느 정도의 담력과 그에 걸맞은 실력이 없다면 의미가 없었다.

하지만 남을 살린다니, 내가 그런 엄청난 일을 할 수 있을까?

카즈키와 선배처럼, 이 나라를 구할 사명을 짊어진 용사 같은 일을 자진해서 하고 싶지는 않았다. 돕고 싶다는 마음은 있지만 어떻게 두 사람을 도우면 좋을지 알 수 없었다.

내게는 아직 각오가 부족한 것이다.

아무리 몸이 강해져도 전장에 투입된다는 현실을 마음이 쫓아가지 못했다.

"하아……."

아침 훈련 전, 일어날 때마다 그런 생각을 하게 된다.

깨어나 몸을 움직이며 훈련의 성과를 실감하고, 그때마다 내게는 이 성과에 걸맞은 정신력이 있는지 의문을 느꼈다.

내가 봐도 남자답지 못하다고 생각하며 정신 차리라고 다소 세게 뺨을 때렸다.

"고민해 봤자 별수 없어. 오늘도 평소처럼 할 뿐이야."

오늘도 어제와 똑같이 훈련이다.

눈에 보이는 성과가 나와서 최근에는 의욕이 넘치고 있었다.

좋아! 각오 운운은 나중에 생각하자. 고민에만 빠져 있어서야 할 수 있는 일도 못 하고 말이지.

침대에서 내려선 나는 옷을 갈아입고 방문을 벌컥 열었다.

자, 오늘은 어떤 훈련이려나?

"밖에 나간다."

넵! 훈련이 아니었습니다. 제 의욕을 돌려주세요.

……생각해 보면 이 세계에 온 뒤로 알고 있는 사회가 이 구명단

밖에 없다는 슬픈 현실이었다.

소환된 당일에 여기로 납치됐으니 말이지.

목적은 알 수 없지만 아무튼 로즈를 따라갔다. 다른 단원들은 자율 훈련이라는 강제 메뉴가 주어졌기에 따라오지 않았다.

정말이지 불쌍하구나, 흐하하!

"들어."

로즈가 건넨 것은 내 키만 한 커다란 배낭이었다.

로즈는 아무 말도 해 주지 않고 숙소에서 마을 쪽을 향해 걸어갔다.

응? 왜 그래? 통. 사지로 가는 병사를 보는 듯한 얼굴을 하고……. 아무것도 아니라면 딱히 상관없지만.

"뭐해? 빨리 와."

성 아랫마을 입구에서 로즈가 나를 기다리고 있었다.

뭔가 불길한 예감이 들었다. 매우 불길한 예감—.

하지만 반항해도 일이 귀찮아질 것 같으니 지금은 얌전히 따르도록 하자.

건네받은 배낭을 메고, 앞서 걷기 시작한 로즈의 등을 쫓아 달렸다.

그녀를 따라잡아 그대로 걸어가니 주위 경치가 울창한 숲에서 활기찬 마을로 변해 갔다.

처음 방문하는 성 아랫마을은 신선했다.

원래 있던 세계처럼 기계나 과학은 넘쳐나지 않지만, 어릴 적 봤던 시장과 비슷한 가게들이 늘어서 있었다.

"링글 왕국은 상업이 번성한 나라거든. 다른 나라에서 돈 벌러 오는 자도 많아."

"그런가요…… 아!"

여우 귀 같은 것이 머리에 난 소녀가 안절부절못하며, 삐죽삐죽한 과일을 파는 가게를 지키고 있었다. 저건 수인(獸人)이라는 건가? 실제로 목격하니 뭔가 감동적이었다.

"수인을 너무 빤히 쳐다보지 마, 바보야. 너한테 신기하다는 건 알지만, 녀석들에게는 불쾌한 일이야."

"아, 죄송합니다."

확실히 구경거리가 아니니까 그런 눈으로 보는 건 실례겠지.

수인 소녀에게서 눈을 돌리려다가 갑자기 시선이 딱 마주쳤다. 그녀는 내 얼굴을 무표정하게 바라보았다.

이건—.

"……귀여움은 정의네요."

"뭐? 너는 성범죄자인가?"

전혀 아닙니다. 그러니 느닷없이 뒤통수를 때리지 말아 주세요.

그러고 보니 현재로써 수인은 아까 그 소녀밖에 못 봤네…….

"다른 나라에서 돈 벌러 온다면 아인(亞人)이나 수인이 더 많아도 될 것 같은데요?"

"……이 나라에 아인이 들어오는 건 비교적 간단해. 로이드 님은 자상하신 분이니 말이지. 하지만 오는 길이 문제야. 도적, 납치범, 살인범, 쓰레기 같은 녀석들이 호시탐탐 노리고 있거든. 특히 수인

중에는 귀중한 능력을 가진 자가 있으니까. 거기에 외모도 어우러져서 노예로 비싸게 팔려."

"노예……."

"물론 이 나라에는 노예 제도 따위 없지만, 실시하고 있는 곳도 존재해. 이해했어?"

"뭐, 일단은……."

이해는 했지만 납득은 가지 않았다. 노예 제도라니, 평범한 일반인인 나는 결코 이해할 수 없는 종류야.

그러고 보니 지난번에 세계 지도를 봤을 때, 수인의 나라는 링글 왕국과 멀리 떨어진 곳에 있었다.

"여기 오는 것도 그들에게는 목숨을 건 일이라는 건가요?"

"그렇지……. 다음 장소로 가자."

여전히 로즈가 어디 가려는 건지는 알 수 없었다.

나는 왠지 마음에 걸려서 여우 수인 쪽을 돌아보았다. 그녀는 나를 보고 있었다. 내게서 조금도 시선을 돌리지 않고…….

살짝 섬뜩했다. 어서 가자.

그 후, 나는 한 번도 돌아보지 않고 로즈의 뒤를 따라갔다.

주위 경치에 두리번두리번 시선을 보내며 「어디로 가는 걸까」 생각하면서 걸어가니 마을을 빠져나간 곳에 있는 커다란 문 앞에 도착했다.

어라~ 이 앞에도 마을이 있는 건가~. 굉장하다~ 이중 구조구나~.

……그럴 리가 없지. 밖에 나간다는 게 왕국 밖이었냐!

문 앞에서 보초를 서고 있는 위병에게 로즈가 말을 걸었다.

요 한 달간 알아차린 것이 있다.

로즈는 누군가와 이야기할 때 반드시 노려보는 버릇이 있었다.

지금 문지기가 움츠러들었는걸.

"오우, 오랜만이군, 토마스."

"로, 로즈 씨, 오, 오늘은 무슨 용건으로?!"

"오늘은 부하에게 바깥을 보여 줄까 해서 말이지."

이것은 번역하면「문 열어」라는 말이었다.

역시 로즈, 존재만으로도 문지기를 압도했다.

"지, 지금 열겠습니다!"

"오냐."

"로즈 씨, 당신 수법이 완전 양아치인데요. 아, 역시 아무것도 아닙니다."

한 달이나 같이 있으면 어느 선에서 폭발하는지 저절로 알 수 있었다.

눈에서 빛나는 것을 흘리며 문지기가 문을 열었다.

애수가 감도는 문지기의 모습을 보고 가엾게 여긴 나는 떠나면서 머리를 꾸벅 숙였다.

문을 나선 나와 로즈는 걷기 시작했다.

"로즈 씨, 우리 어디 가는 건가요?"

"마물이 있는 숲."

"예?"

"여기서 대충 서너 시간쯤 걸리는 곳에 있지."

죄송합니다. 저는 당신의 말을 이해할 수가 없어요.

엇, 이 커다란 짐은 설마 야영 세트?! 이 귀축 오거는 나보고 몬스터가 배회하는 숲에서 지내라는 건가?!

안절부절못하는 나를 완전히 무시하고 로즈는 척척 걸어갔다.

아니, 잠깐 기다려! 아직 서바이벌 생활을 하라는 말은 못 들었잖아!

희망을 버리지 말자.

***

어둑한 숲이 눈앞에 펼쳐져 있었다.

나는 절벽 위에서 팔짱 낀 채 숲을 내다보고 있는 로즈를 돌아보았다.

"이 숲은『링글의 어둠』이라든가『맹수의 지하굴』이란 이명이 붙을 정도로 위험한 곳이다. 여기서 너는 그랜드 그리즐리를 사냥할 때까지 돌아오지 말 것. 시간은 상관없어."

서바이벌 생활과 무슨 과제를 부여받았습니다.

"그랜드 그리즐리라니…… 블루 그리즐리가 100년을 살면 변하는 위험한 곰 몬스터잖아요! 성장 전인 블루 그리즐리도 상당히 위험한 마물이라고 책에 적혀 있었다고요! 당신, 내가 싫지?!"

"아니, 싫어할 리가 없잖아."

"거짓말!"

"아아, 귀찮아. 지금의 너라면 그랜드 그리즐리 정도는 간단히 쓰러뜨릴 수 있어. 알겠나?"

"모릅니다! 으악, 그만둬! 들어 올리지 마!"

나는 힘차게 고개를 좌우로 흔들었다. 하지만 로즈는 아랑곳없이 나를 배낭째 가볍게 들어 올렸다.

이 여자, 얼마나 괴력인…… 아아, 안 돼, 그렇게 야구 선수처럼 높이 쳐들지 말아 줘—.

"으랏!"

"으아아아아아아아아아아아아아!"

빙글빙글 회전하며 공중으로 내던져졌다.

심지어 로즈의 완력이 너무 센 탓인지 기세는 전혀 수그러들지 않았다.

이대로 난 죽는 걸까.

사인(死因), 구명단 단장이 부하를 던짐.

아니아니아니, 진짜 웃기지도 않는다고……!

슬슬 위력이 줄어서 포물선으로 떨어지기 시작했다. 아래는 나무들이 우거진 숲이다.

죽을까 보냐……!

나는 하늘 쪽으로 몸을 돌려 공중에서 균형을 잡았다. 등에는 커다란 배낭이 있었다. 이걸로 충격을 완화해 주겠어.

팔로 얼굴을 지키며 충격에 대비했다.

“으, 오오오오?!”

착지의 충격은 생각보다 약했다. 다행히 숲의 나무들이 쿠션 역할을 해줘서 상당히 충격이 완화되었지만, 어디까지나 생각보다 약하다는 것일 뿐. 순식간에 수차례 충격이 닥쳤고, 그 후 눈을 뜨자 그곳에는 코앞까지 다가온 지면이 보였다.

언제 몸이 땅 쪽으로 돌아간 거지……! 아니, 그보다 이 자세로 떨어지는 건 위험해!

“여기까지 와서 다칠 것 같냐?!”

치유마법을 온몸에 전개하고 자유로워진 사지로 땅에 착지했다.

조금 얼얼한 정도로 끝났지만…… 시야가 기우뚱 흔들리며 뒤로 넘어갔다.

등에 멘 배낭이 버팀목이 되어 간신히 일어나 있을 수 있었지만 지쳤다. 육체적인 문제가 아니라 정신적으로…….

“살아 있는 건가? 다행이다…….”

이 쓸데없이 큰 배낭이 없었다면 중상을 입었을지도 모르겠네. 로즈가 준비해 주지 않았다면 위험했겠어.

하지만 나는 결코 그 여자에게 감사하지 않을 거다. 내가 그랜드 그리즐리를 사냥하지 않는 한, 그 여자는 나를 다시 이곳에 던져 넣을 것이다.

“마음에 안 들지만, 로즈가 말한 대로 그랜드 그리즐리를 쓰러뜨릴 수밖에 없나…….”

기껏해야 크기 2미터쯤 되는 곰이다.

지옥을 헤쳐 온 내게 곰 정도야 간단—.

"크오오오오오오오오오오오오오오오오!"

"뭐야?!"

숲 어딘가에서 커다란 짐승의 포효가 들려왔다. 그리고 다가오는 발소리—.

나는 그 자리에서 토끼처럼 재빨리 도망치기 시작했다. 우사토(兎里)니까 말이지!

"역시 사람은 힘으로 짐승을 이길 수 없어! 회색 뇌세포를 풀가동한 전술로 쓰러뜨려야 한다고 나는 생각해!"

"크오오오오오오오오오오오오오오오오!"

"쫓아오고 있잖아!"

뒤돌아보니 3미터쯤 되는 하얀 곰, 그랜드 그리즐리가 입에서 침을 흘리며 나를 쫓아오고 있었다.

숲에 들어오자마자 목표물과 조우했으나 예상 이상으로 너무 무서웠다.

발톱과 이빨이 저렇게 커다란 곰이라니, 동물원에서도 본 적 없다고!

"어쩌지, 어쩌지, 어쩌지?!"

곰과 만났을 때의 대처법.

1. 죽은 척……은 도시 전설로서는 신빙성이 있지만, 실행하면

잡아먹힐 것 같다.

2. 방울로 쫓아낸다. ……안 가지고 있고.

3. 도망친다. ……다리에는 자신 있다.

작전은 정해졌다. 도망칠 수밖에 없네!

곰 따위가 내 속도를 이길 수 있겠냐!

"크오오오오오오오오오오오오오오오오오!"

"따라오잖아! 으아악!"

뒤돌아보지 않아도 알 수 있었다. 녀석은 따라오고 있다.

새삼 생각난 건데, 곰이라는 생물은 시속 40~60킬로미터의 속도를 낸다고 텔레비전에서 본 적이 있었다. 그랜드 그리즐리 역시 그렇더라도 이상하지는 않았다. 아니, 혹시 그 이상의 속도를 낼 수 있다면—끝이다.

……아니야, 잘 생각해 봐. 나는 이 세계에 온 뒤로 줄곧 지옥훈련을 해 왔어. 그건 이렇게 색깔이 이상한 곰에게 따라잡힐 만큼 쉬운 것이었나?

아니, 단연코 아니다!

이딴 곰보다 로즈의 미친 훈련 쪽이 더 무섭다고!

"좋다, 이 곰 자식아! 나와 너의 일대일 승부다! 날 잡아먹고 싶다면 따라와 봐! 난 널 따돌리겠어! 자, 어디 한—."

"크오오오오오오오오오오오오오오오오오오오오오오오오!"

"크오오오오오오오오오오오오오오오오오오오오오오오오!"

"크오오오오오오오오오오오오오오오오오오오오오오오!"

"……수를 늘리다니 비겁하다!"

치사해! 뒤돌아보니 하얀 곰과 파란 곰 두 마리가 사이좋게 나란히 달려오고 있는데요?!

언제 늘어난 거야? 크기와 색깔이 달랐다. 블루 그리즐리인가?! 제기랄! 퐁퐁 늘어나다니, 너희는 마트료시카냐!

"젠장! 이 배낭 방해돼!"

하지만 벗을 수는 없었다. 이 안에는 여기서 살아남기 위한 서바이벌 도구가 들어 있을 터였다.

무게는 100킬로그램, 혹은 그보다 조금 못한 정도일 것이다. 뭘 넣으면 이렇게 무거워지는지 이해하기 어렵지만, 로즈가 준 것이니 분명 무언가가 있겠지.

하지만—.

"나는 언제까지 도망쳐야 하는 걸까……."

""""크오오오오오오오오오오오오오오오오오오오오!""""

그보다 나는 살아서 이 숲을 나갈 수 있을까…….

***

몬스터가 판치는 위험한 숲에 던져진 날 밤.

나는 높이가 20미터쯤 되는 나무 위에서 쉬기로 했다.

현재 앉아 있는 나뭇가지는 매우 두꺼워서 배낭을 멘 내 무게를 지탱할 수 있을 만큼 튼튼했다.

가느다란 가지에는 젖은 옷을 말리고 있기에 내 모습은 팬티 한 장 차림이었다.

남들은 변태라고 나를 욕할지도 모른다. 하지만 이것에는 깊은 이유가 있었다.

로즈가 날 숲에 던지고, 그랜드 그리즐리와 블루 그리즐리에게 쫓기기를 세 시간. 전혀 곰들을 따돌리지 못하는 것에 의문을 느낀 나는 곰들이 냄새로 쫓아오고 있다는 가설을 세웠다.

만약 그렇다면 몸에서 나는 냄새를 물로 씻어야겠다고 생각하여 물가를 찾았다. 한 시간 정도 걸려서 폭포를 발견한 나는 그대로 뛰어들었다.

그 결과 곰은 따돌렸지만 옷이 쫄딱 젖어 버렸고, 안전한 곳에서 옷을 말리기 위해 높은 나무에 올라 현재에 이른 것이다.

"어둡네……."

해가 떨어지고 몇 시간이 지났다. 공복도로 가늠하건대 지금은 여덟 시나 아홉 시쯤일 것이다. 주위는 어두컴컴했다. 의지할 수 있는 것은 원래 세계보다 몇 배는 큰 달이 비추는 빛뿐. 야행성 몬스터가 활동하고 있는지 요란한 울음소리가 들렸다.

"칫, 불도 못 피우잖아……."

불을 피우면 몬스터에게 들킬지도 모른다. 불이 무서워서 다가오지 않을 가능성도 있지만, 공교롭게도 배낭 안에는 휴대 식량과 페트병 크기의 가죽 물통, 칼날 길이가 20센티미터 정도인 단검, 그리고 펜과 수첩만이 들어 있었다.

불 피울 도구가 없었다. 설마 내용물 태반이 휴대 식량일 줄이야……. 식량 걱정이 없어졌다는 건 알겠는데, 이거 괜찮은 건가?

"아니, 괜찮지 않아."

무심코 혼잣말을 중얼거리고 말았다.

앞으로 어떻게 해야 할까.

최종 목적은 그랜드 그리즐리 토벌. 하지만 아무리 신체 능력에 자신 있어도 내가 그 몸을 자유자재로 구사하지 못했다.

격투기 경험 따위 전무에 가까우니까.

어쩌지?

"현재 사용할 수 있는 건……."

단검과 수첩과 펜.

그리고 젖은 옷—. 일단 덜 마른 바지를 입고 단검을 허리춤에 꽂았다.

"적을 치려면 일단 상대를 알아야지."

우선은 계획을 세우고, 지금 있는 곳을 거점으로 삼자.

다행히 이 근처에는 강이 있다. 기생충이 있지는 않을까 걱정되지만, 지금은 없기를 기도할 수밖에 없다. 끓여 마시고 싶으나 불이 없으니 참아야 한다.

"영 불길하네. 하지만 반드시 극복해 보이겠어."

피로해진 몸에 미약한 치유마법을 순환시켰다.

잠들어 버리기 전에 허리춤에서 단검을 뽑아 내가 앉아 있는 나무에 표식을 새겼다.

"첫날 종료."

혼자만의 싸움이 시작됐다.

다음 날 아침, 딱딱한 휴대 식량을 물과 함께 넘긴 나는 구멍단 훈련복을 입고 수통과 단검을 장착한 후, 머리를 낮추고 숲속을 내달렸다.

주머니에는 수첩과 펜을 넣어두고 그것들을 언제든 꺼낼 수 있도록 준비해 두었다.

"……어디지?"

나무에 단검으로 표식을 새기며 주위를 살폈다.

여기 오기 전에 강에서 몸을 씻었으니 냄새 걱정은 없었다. …… 아마도.

이 숲에는 그 곰들 말고도 많은 몬스터가 있는 모양이었다.

거점을 중심으로 원을 그리듯 탐색했다.

"……! 이건……!"

나무에 새겨진 생채기 네 개.

어떤 커다란 생물이 발톱을 간 흔적으로 보였다. 이 크기를 보면 어제 만난 그랜드 그리즐리일 가능성이 컸다.

신중하게 주위를 탐색해야겠군.

다시 앞을 보고 나아가려던 순간, 전방 풀숲에서 부스럭거리는 소리가 났다.

"읏?!"

마물……?

단검을 천천히 뽑고 풀숲으로 다가갔다.

이마에 맺힌 땀을 거칠게 닦고서 언제든 도망칠 수 있도록 경계했다.

흉포한 녀석이라면 바로 도망치자. 침을 꼴깍 삼키며 단검을 들지 않은 손으로 풀을 헤치니—.

"뀨……."

"허……?"

풀숲에는 검은색 털 뭉치가 있었다.

아니, 털 뭉치가 아니라, 작긴 해도 마물일 것이다.

로즈가 줬던 책에는 실려 있지 않았던 종류였다. 안테나처럼 쫑긋 선 귀와 검은 털이 특징인 마물이었다.

"토끼……지?"

겉모습은 완전히 토끼지만, 마물을 연상시키는 예쁜 검은색 털과 괴이하게 빛나는 빨간 눈동자가 정교한 인형 같이 보였다.

검은 토끼는 땅에 누운 채 빨간 눈으로 나를 보았다. 초롱초롱한 둥근 눈으로 올려다보는 것에 약간 당황하면서도 풀을 밀어젖히고 다가갔다.

자세히 보니 검은 토끼의 뒷발에 빨간 피가 살짝 맺혀 있었다.

"너, 다친 거야?"

"뀨."

고개를 끄덕이는 토끼.

말이 통하는 것은 지적하지 않겠어. 이세계는 뭐든 가능하다는 거야 알고 있으니까.

토끼 옆으로 다가가 어디를 다쳤는지 살펴보았다. 베인 상처 같은 것이 발에 나 있었다. 다른 마물에게 당한 건가.

"가만히 있어."

손에 연한 초록색 빛을 방출하여 상처로 가져갔다.

몇 초 있다가 손을 떼자 상처는 흔적도 없이 사라져 있었다. 이것이 내 훈련의 성과— 대부분 나한테만 썼지만 말이지.

"고쳤어. 이제 다치지 않게 조심해."

검은 토끼의 머리를 한 번 쓰다듬고 일어나서 멀찍이 떨어졌다.

사랑스러운 모습에 무심코 데려가고 싶다는 기분이 들었지만, 내 목적은 그랜드 그리즐리를 쓰러뜨리는 것. 귀여운 토끼를 돌보고 있을 여유는 없었다. 내게도 저 검은 토끼에게도 이것이 가장 좋은 선택이리라.

하지만 토끼는 내게 다가왔다.

말없이 한 걸음 물러나는 나, 다가오는 토끼…… 이거 뭐야?

"나랑 같이 있으면 그랜드 그리즐리한테 공격받을 거야. 아니면 넌 그랜드 그리즐리가 어디 있는지 아는 거니?"

"……뀨!"

토끼는 이쪽으로 오라는 것처럼 고개를 끄덕이고 뛰기 시작했다.

#2 꽃 피우는 할아버지 일본의 전래동화. 개가 땅을 헤집으며 여길 파라고 짖는 곳을 파 보니 금은보화가 나왔다는 내용이 있음.

마치 꽃 피우는 할아버지[#2] 같다고 생각하며 반신반의하는 마음으로 뒤따라갔다.

"뀨—!"

토끼는 소리 내지 않고 깡충깡충 숲을 나아갔다. 그러는 동안 쫑긋 선 귀가 안테나처럼 한쪽으로 향해 있다는 것을 알아차렸다.

저 귀는 레이더 역할인 걸까? 엄청 귀엽습니다만.

토끼 뒤를 쫓길 약 10분. 경쾌하게 뛰던 토끼가 갑자기 멈춰 섰다.

"왜 그래?"

"뀨뀨."

"우왓! 뭐야?!"

갑자기 토끼가 다리를 타고 내 어깨로 올라왔다.

검은 털이 목에 닿아서 간지러웠다. 그리고 의외로 무겁지 않았다.

이 애, 뭐야? 엄청 귀엽습니다만…….

어깨에 올라온 검은 토끼가 귀를 전방으로 구부려 무언가를 시사했다.

"뀨."

"……앞을 보라고?"

이 토끼는 역시 내 말을 이해하고 있었다.

하지만 귀여우니까 상관없어.

전방의 덤불을 부스럭거리며 밀어젖히니 그곳에는 어두운 동굴과 두 마리 블루 그리즐……리?!

"너—!"

급히 입을 막았다.

여기서 소리치면 저 곰들한테 들키고 만다. 아무튼 저 동굴이 녀석들의 집인가 보구나.

나는 어깨에 있는 검은 토끼에게 작은 목소리로 말했다.

"……고마워, 덕분에 수고를 덜었어."

내 말에 토끼는 쑥스러운 듯이 그루밍을 시작했다.

엄청 귀엽습니다만?!

동굴 위치도 알았으니 수첩과 펜을 꺼냈다.

"뀨?"

"응? 이게 뭐냐고?"

평범하게 곰과 싸워 봤자 간단히 이길 수 있을 리가 없다.

그렇다면 상대의 틈을 노릴 수밖에 없었다. 그런고로—.

"관찰 일기."

자, 목숨을 건 일기를 써 볼까?

2일째

검은 토끼에게 안내받아 목표물의 거처에 도착했다.

거처에서는 블루 그리즐리 두 마리와 그랜드 그리즐리 한 마리를 확인할 수 있었다.

블루 그리즐리 한 마리는 몸집이 작고 행동도 새끼 같았다. 다른 한 마리는 몸집이 크고 부모처럼 보였다.

그랜드 그리즐리는 무리 지어 생활한다고 책에 적혀 있었는데, 이것도 일종의 무리일까?

한 시간쯤 관찰한 후, 그다지 진전도 없었기에 마무리했다.

여전히 내 어깨에는 토끼가 있지만…… 귀여우니까 용서한다.

3일째

3일째도 거처 관찰.

여전히 움직임은 없다.

별다른 점도 없으니 오늘은 이 정도로 끝낸다.

날 쫓아오는 이 토끼는 뭘까? 말도 통하고, 고유 능력인 위기 감지 능력은 무척 편리하다.

의문이 끊이질 않는다.

하지만 귀여우니까 됐어.

4일째

배 아파.

5일째

역시 물이 문제였다.

복통으로 괴로워하는 내 옆에 있던 토끼가 무척 든든했다.

오후에는 몸 상태도 괜찮아져서 곰을 관찰하러 갔다.

나무 위에서 지켜본 바, 오늘은 사냥하러 나간 것 같았다. 하루 안 봤을 뿐인데 엄청 오랜만이라고 느꼈다.

그랜드 그리즐리가 새끼 블루 그리즐리를 사냥에 데려가는 것 같았다. 뭔가 훈훈했다.

오늘 관찰하고 알게 된 사실— 녀석들은 기본적으로 뭐든 잘 먹는다.

뒷발이 발달한 멧돼지 마물인 폴보어를 간단히 잡았다.

저런 걸 정말로 쓰러뜨릴 수 있을까?

6일째

오늘은 몬스터의 습격을 받았다.

깨끗한 물이 샘솟는 곳을 검은 토끼가 가르쳐 줘서 확인하고 돌아오는 길에 갑자기 토끼가 떨기 시작했다.

그때 츠치노코[#3]처럼 생긴 거대한 뱀이 나타났다. 몸통이 두껍고 전체 길이는 7미터쯤 되는 거대한 뱀이었다.

뱀처럼 구불구불 움직이지 않고 똑바로 달리는 녀석을 보고 나는 진심으로 공포를 느꼈다. 물론 도망쳤다.

매우 끈질기게 쫓아왔지만 어떻게든 따돌렸다.

혹시 몰라서 우회해서 거점으로 돌아왔다.

#3 **츠치노코** 일본의 미확인 생명체. 몸통이 뭉툭한 뱀처럼 생겼다고 전해짐.

그 뱀은 뭔가 이상했다. 다른 몬스터와는 다른 꺼림칙한 느낌이 들었다.

그리고 검은 토끼가 무서워했다. 그랜드 그리즐리한테도 태연했던 이 녀석이 말이다…….

뭔가 무시무시한 일이 일어나고 있는 걸지도 모른다.

7일째

오늘도 곰에 관해서는 특별히 이상 없음.

큰일이다. 여기 오고 일주일이 지났는데 여기 있는 이유를 점점 알 수 없게 돼 가고 있다.

8일째

또 그 뱀의 습격을 받았다.

지금 거점으로 삼고 있는 곳에서 그다지 멀지 않은 장소에서 말이다.

녀석을 발견한 건 숲 안쪽 깊은 곳이었을 텐데……. 나를 쫓아 거점을 이동했나? 그렇다면 녀석은 완전히 나를 노리고 있는 거다. 잡아먹히는 건 사양이다.

빨리 그랜드 그리즐리를 쓰러뜨리는 편이 좋겠어.

왠지 불길한 예감이 든다.

9일째

아침부터 토끼가 무서워했기에 오늘은 나무 위에서 쉬었다.

떠온 물이 바닥났지만 목숨과는 바꿀 수 없다.

그건 그렇고, 이 토끼는 나를 너무 잘 따르는 거 아닌가? 아무리 상처를 고쳐 줬다지만 이렇게까지 따를까.

솔직히 말해서 데려가고 싶다.

내일 뱀이 안 보이면 곰을 사냥하러 가야겠다.

그러나 나는 열흘째에 목적을 달성할 수 없게 되었다.

필사적으로 짠 작전이 실패한 것은 아니었다. 애초에 실행조차 하지 않았다.

왜냐하면 내 눈앞에 무참하게 뜯긴 그랜드 그리즐리의 사체가 있었으니까.

무참— 그 말이 딱 들어맞을 만큼 유린당한 사체였다.

그것은 로즈가 내게 쓰러뜨리라고 했던 그랜드 그리즐리였다. 사지가 이상한 방향으로 꺾이고, 몸 곳곳에 어떤 커다란 생물에게 물린 흔적이 있었다.

그리고 옆에는 블루 그리즐리 한 마리가 비슷한 상태로 방치되어 있었다.

"이런 거…… 너무하잖아."

먹히지도 않고, 그저 무참하게 살생된 두 몬스터를 보니 가슴이 답답했다.

사냥감을 빼앗겼기 때문은 아니었다. 내가 화내고 있는 것은 다른 이유였다.

"……로즈한테 죽을 거야."

곰이 죽는 장면을 직접 보지는 못했다. 하지만 누가 봐도 명백할 만큼 완전히 훼손되어 있었다.

그리고 이 일대에서 그랜드 그리즐리를 일방적으로 죽일 수 있는 마물을 나는 한 마리밖에 모른다. 츠치노코처럼 생긴 그 뱀이다.

그 증거로 사체의 목덜미에는 뱀이 문 듯한 상처 두 개가 새겨져 있었다.

목표물인 그랜드 그리즐리가 죽어 버렸으니 나는 로즈에게 이 녀석을 쓰러뜨렸다고 증명할 수 없게 되었다.

"위험해…… 위험해, 위험해."

이 곰의 이빨이나 뭐 다른 걸 뽑아서 로즈한테 가져가면 어떻게 어물쩍 클리어할 수 있을지도 모른다. 하지만 그 터무니없는 여자는 내 거동에 의문을 느끼고 진실에 도달해 버릴지도 몰랐다. 그렇게 되면 죽음보다 무서운 처벌이 기다리고 있을 것이다.

화풀이로 나무를 후려쳤다. 그때 냉정한 사고가 불가능한 내 귀에 주의를 호소하는 토끼의 울음소리가 들렸다.

"읏! 녀석인가?!"

그 뱀이 온 건가!

나는 뛰려고 발에 힘을 주었지만, 덤불에서 나온 자그마한 파란 형체를 보고 경계를 풀었다.

"끼잉……."

"새끼 블루 그리즐리, 인가……."

덤불에서 나온 것은 몸길이가 1미터쯤 되는 블루 그리즐리였다.

녀석은 내게 눈길도 주지 않고 두 곰의 사체로 다가가 구슬피 울었다.

"끼잉……."

"……."

나는 선의로 남을 도운 적도 많지 않고, 악의로 남을 멸시한 적도 없다.

로즈에게 호되게 들볶여서 어중간하게 강해졌어도 그 본질은 바뀌지 않았다.

아무리 발버둥 쳐도, 나는 그저 지기 싫어하는 남고생일 뿐이었다.

지고는 못 배기는 성격인 나는 로즈에게 지는 것이 마음에 들지 않았다.

내 사냥감을 뺏긴 것도 마음에 들지 않았다.

내 결의가 쓸모없어진 것도 마음에 들지 않았다.

하지만 그 이상으로…… 눈앞에서 구슬피 우는 새끼 곰의 모습이 마음에 들지 않았다.

모순되어 있다는 것은 안다.

나는 본래 그랜드 그리즐리를 쓰러뜨리는 쪽이었다.

어쩌면 내 행위가 지금 상황을 만들게 되었을지도 모른다.

하지만, 그래도 슬픈 일이 눈앞에서 일어났는데 무시할 수는 없었다. 하물며 내가 할 수 있는 일이 있다면 나는—.

"적은 반드시 토벌하겠어……. 그러니까 기다려."

이것은 나의 자기만족이다. 그 뱀은 내가 쓰러뜨리겠다.

이번에는 도망치지 않는다. 싸워 주겠다.

확고한 결의를 품고, 나는 새끼 곰에게 등을 돌리고 걷기 시작했다.

***

링글 왕국에서 멀리 떨어진 먹구름에 뒤덮인 지역.

인간이 살 만한 환경이라고는 할 수 없는 그곳에 섬뜩한 성이 우뚝 서 있었다.

"……흠."

중후하게 장식된 의자에 앉은 미형의 남자가 이 성의 주인이었다.

남자의 눈앞에는 옥좌 앞에 무릎을 꿇은 장신의 여성이 있었다. 하지만 그 겉모습은 인간이라고 하기 어려웠다. 갈색 피부와 어깨까지 내려오는 붉은 머리카락, 반듯한 얼굴, 그리고 염소를 연상시키는 비틀린 뿔이 머리에 나 있었다.

남자는 그 붉은 머리 여성에게 거만한 태도로 질문했다.

"링글 왕국 침략은 어떻게 돼 가고 있지?"

"순조롭습니다. 현재, 부대의 준비도 착실히 갖추어져서 머지않아 진군을 개시할 수 있습니다."

질문을 받은 여성은 담담히 그렇게 대답했다.

"그런가. 지휘는 네게 맡기마. ……이 시대 인간은 얕볼 수 없으니 말이지. 단 한 명의 강자에게 모든 걸 의탁하던 속물들의 시대와 비교하면 상당히 달라졌어."

남자는 잠시 사색에 잠긴 것 같았지만 곧장 그 눈을 무릎 꿇은 여성에게 돌렸다.

"간신히 이겼다고는 하나, 우리를 물리친 녀석들이다. 사력까지는 아니더라도 최선을 다해라."

"전력을 다하겠습니다."

"고지식하긴. 뭐, 좋다. 물러나라."

"예!"

공손하게 머리를 숙인 여성은 남자의 명령에 따라 방에서 나갔다.

방에서 나온 여성은 지금까지의 긴장이 풀렸는지 숨을 토했다.

"하아…… 역시 마왕님과의 대담은 숨 막혀."

"제3군단장인 네가 그런 말을 해도 괜찮은 거야……?"

"……휴루르크인가."

푸념한 여성 뒤에서 머리에 양 같은 뿔이 난 흰 피부의 남성, 휴루르크가 말을 걸어왔다.

"딱히 상관없겠지. 마왕님은 관대하신 분이야. 이 정도 불경은 조금도 신경 쓰지 않으실걸. ……그러는 넌 어떻게 돼 가고 있어?

마물 박사님.”

“에이, 싫다. 그런 이상한 이름으로 부르지 마.”

“흥…….”

여성이 관심 없다는 얼굴로 걷기 시작하자 휴루르크는 난처한 듯이 머리를 긁적였다.

“하하하……. 아까 질문에 답하자면 마조(魔造) 몬스터 시작체(試作體)는 완성했어.”

“호오…….”

“강력한 독과 큰 체구, 예리한 이빨. 그리고 아름답지…….”

“이름은?”

“마조 몬스터 시작체 72번, 바르지나크! 내 최고의 걸작이야!”

“응? 전에 말했던 시작체 71번이랑 이름이 똑같은데? 그건 어쨌어?”

여성이 휴루르크의 말에 의문을 표하자 그는 눈가을 누르고 엉엉거리며 그 자리에서 무릎을 꿇었다.

“아아, 그 애 말이지. 그 애는 지난번 링글 왕국 진군 때 적의 군단장에게 격퇴당했다고 들은 게 마지막 소식이야……. 그때 내 심정은 자식을 잃은 느낌이었어…….”

“군단장 시구르스…… 녀석도 꽤 강했지.”

화염에 휩싸인 투박한 검을 들고서 적을 쓸어 넘기는 기사의 모습이 여성의 뇌리에 떠올랐다.

“하지만…… 지난 전투에서는 녀석보다 성가신 집단이 있었어.”

“아아, 후위인 나는 잘 모르지만…… 『납치자』들 말이야?”

"그래. 전장에 있으면서도 싸우지 않는 병사……. 지난 진군 때에는 녀석들 때문에 얼마나 쓴맛을 보았는지……."

링글 왕국에 진군했을 때를 떠올리고 여성은 씁쓸한 표정을 지었다. 이전번 침공 작전의 실패는 그 정도로 그녀의 자존심을 상처 입혔다.

"으음~ 그럼 평범하게 그 녀석들을 먼저 해치우면 되는 거 아니야?"

"무리야. 녀석들은 범상치 않게 끈질기고, 부상자를 안고서 이동하는데도 평상시와 크게 차이 없을 만큼 빨라. 게다가 녀석들의 보스는……."

"보스는?"

"녀석들의 보스는 치유마법사야."

"……그렇군, 부하가 데려온 부상자를 안전한 곳에서 고치는 거구나."

"아니, 그건 녀석의 부하가 하는 일이야. 녀석은 직접 전장에 뛰쳐나가 그 자리에서 부상을 고쳐……. 짜증스러운 건 아무리 공격받아도 눈 깜짝할 사이에 피로조차 회복시키는 불사성(不死性)이지. 평범한 회복마법으로는 불가능한 치유 속도……. 그 근원에 있는, 희소하며 눈에 띄지 않는 치유마법이 녀석의 육체를 최고의 상태로 계속 유지시켜."

"그런 식으로 쓰면 평범한 인간의 몸이 버틸 수 있을 리가 없어."

그도 괜히 마물 박사라고 불리고 있는 것이 아니었다.

연구 대상으로 인간도 취급하고 있기에 인체 구조라면 자세히 알았다. 아무리 인간의 한계를 뛰어넘은 능력을 발휘해도 근육 조직, 뼈, 내장의 통증을 평범한 인간이 버틸 수 있을 리가 없었다. 하물며 그것을 실행하는 자라니, 목숨 아까운 줄 모르는 무모한 자가 틀림없으리라.

"강인한 의지만으로 버티니까 문제인 거야. 마왕님께서 부활하시기 전에 내 스승님과 싸워서 오른쪽 눈만 잃고 끝났으니까……. 괴물도 그냥 괴물이 아니지."

"제1군단의 그분과……. 그건 괴물이네."

마왕이 부활하기 전, 마족 제일의 실력이라고 불리던 그녀의 스승을 상대하고 살아남은 시점에서 평범한 인간은 아니었다.

"너희 스승님을 상대하고 살아남다니, 상당한 실력자구나."

"우리 부대의 신입은 그 얘기를 털끝만큼도 안 믿지만, 이번 진군으로 넌더리가 날 만큼 체험하게 되겠지."

"그렇게까지 말하는 건가……."

"하지만 나도 이 싸움으로 스승님의 원통함을 풀겠어. 녀석을…… 로즈를 없애겠어."

너희 스승님은 살아 있지만 말이야, 하고 무심히 중얼거린 휴루르크를 내버려 둔 채 여성은 링글 왕국 방향으로 눈을 돌렸다.

"나, 아미라 베르그레트의 이름을 걸고!"

"이번에 네 역할은 병사 지휘니까 전선에 나가면 안 되지."

"아……."

***

새끼 블루 그리즐리에게 그 뱀을 토벌하겠다고 선언한 날 밤, 나는 나무 위에서 적당한 가지를 단검으로 깎아 간단한 창을 만들었다.

물론 이런 즉석 무기가 효과 있을지는 알 수 없다. 하지만 내게는 덫을 만드는 지식도 없고, 무기가 될 만한 것은 단검과 마법 정도였다.

그렇기에 하나라도 많이 대항책을 마련해 두고 싶었다.

"좋아, 완성."

끝을 뾰족하게 깎았을 뿐인 간이 창이지만 꽤 날카로웠다. 밑으로 떨어지지 않도록 근처에 잘 두고 나무에 등을 기댔다. 이 딱딱한 잠자리에도 익숙해졌다.

"카즈키랑 이누카미 선배는 어쩌고 있을까……."

"뀨?"

"너는 결국 끝까지 따라오는구나."

내 얼굴을 들여다보는 토끼를 쓰다듬었다.

신기한 토끼지만, 어떤 의미에서는 이 토끼 덕분에 살아남을 수 있었다.

"내일은 위험한 일에 끌어들이게 될지도 모르지만…… 잘 부탁해."

토끼가 고개를 끄덕 움직였다.

그 대답에 만족한 나는 천천히 눈을 감았다.

다음 날, 나는 토끼를 레이더 대신 삼아 그 뱀을 찾았다.

가지고 있는 물건은 창과 단검뿐, 그것 말고는 전부 버리고 왔다. 물론 몸도 씻어서 냄새를 지웠다.

준비는 끝났다. 이제 뱀을 찾기만 하면 된다.

"……!"

"왜 그래?"

토끼가 움찔 떨었다.

보고 있는 방향은 정면. 창을 든 손에 땀이 맺혔다.

최대한 경계하며 소리 나지 않도록 수풀을 헤쳐 나갔다.

"뭔가가 싸우는 소리?"

소리가 들렸다. 매우 큰 소리였다. 나무가 넘어가는 듯한 격렬한 소리였다.

천천히 수풀을 헤치고 전방을 들여다보니 그곳에는 목표물인 뱀이 있었다.

그리고 새끼 블루 그리즐리의 모습도—.

"저 녀석!"

새끼 곰은 온몸이 상처투성이였다. 아직 숨은 붙어 있지만, 피로도 이제 극한인 것 같았다.

"너는 여기 있어."

토끼를 땅에 내리고 창을 양손으로 고쳐 쥐었다.

각오는 됐다.

죽을 각오가 아니었다. 강자인 척하며 자기보다 약한 녀석을 괴롭히는 저 뱀을 끝장낼 각오였다.

"간다!"

저 정도 위압감, 로즈와 비교하면 전혀 대단치 않았다.

그 귀축악독냉혈녀의 무서움을 알고 있는 내게는—.

"무서운 것 따위 없어!"

내가 크게 외친 목소리에 뱀과 새끼 곰이 깜짝 놀랐다.

뱀은 나와 곰 중 어느 쪽을 노릴지 망설이는 것 같았다.

이건 기회였다. 목표를 결정하지 못한 틈을 노린다면 크기에서 밀리는 내게도 활로는 있었다.

저 거대 갑옷 같은 비늘에 창을 박아 봤자 절대 통하지 않을 것이다.

그럼 어떻게 할까? 뻔했다. 노리는 부위는 딱 하나.

"으랴아!"

온 힘을 다해 내디딘 한 걸음으로 뱀에게 접근했다. 가까이서 보니 더 컸다. 입안에 보이는 커다란 이빨에 물리면 나 같은 건 단번에 절명하리라.

응? 눈앞이 어두워졌어……?

"우왓?!"

눈앞에서 거대한 입이 닫혔다. 물러나지 않았다면 죽었을 것이다……. 하지만 이 순간을 기다리고 있었다!

그 자리에서 창을 휙 돌려 거꾸로 잡고—.

“이거나 먹어라, 뱀 새끼야!”

무심코 튀어나온 거친 발언과 함께 창을 내질러 뱀의 오른쪽 눈에 깊이 꽂았다. 이대로 끝까지 박아서 관통시켜 주겠다. 팔에 힘을 주고 밀어서…….

“키샤아아아아아아아아아!”

“뭐야?! 으악?!”

창을 쥔 손에 힘을 준 그 순간, 내 몸은 무시무시한 충격과 함께 날아갔다. 반사적으로 치유마법을 둘러서 치유를 시작했다.

허공을 크게 날아 나무에 내동댕이쳐진 나는 땅으로 주르륵 미끄러지며 뱀 쪽을 보았다.

“윽, 꼬리인가…….”

나는 바보일까. 이 이상한 뱀이라면 꼬리 정도는 사용해도 이상하지 않은데…….

하지만 뱀도 시야를 절반 잃었을 터. 그에 비하면 이 정도 공격 따위 별것도 아니었다.

모든 상처를 다 고친 나는 허리춤에서 단검을 뽑았다.

“그 정도냐. 아무렇지도 않네!”

목표는 녀석의 오른쪽.

사각지대가 되도록 내가 달림과 동시에 녀석도 이쪽으로 돌진해 왔다.

하지만 무작정 달려오는 상대를 피하는 것은 간단했다. 의도한 대로 녀석의 멀어 버린 오른쪽 눈의 사각지대에 도달했다.

하지만 녀석은 그 자리에서 급정지하여 내 쪽으로 목을 돌렸다.

"뭐야?!"

생각이 안이했다. 나는 이 녀석이 야생 동물처럼 날뛰고 있다고 생각했다. 하지만 이 녀석은 달랐다. 이 녀석은 생각하고서 행동했다. 이 녀석은 생각하고서 포학하게 굴었다. 이 녀석은 생각하고서 살육했다. 이 녀석은…… 괴롭히는 것을 즐기고 있었다.

커다란 입을 벌린 녀석의 이빨이 이번에야말로 내 왼쪽 어깨를 물었다.

"윽, 으아아아아아아아아아!"

아파, 아파아파아파아파아파아파!

큰 이빨이 왼쪽 어깨에 깊이 박혔고 나는 강렬한 통증에 절규했다.

그러나 물어뜯기지는 않았다.

녀석도 냉혈 동물 특유의 눈동자를 동그랗게 뜨고 있었다.

"헤헹!"

당연했다. 내가 쭉 내민 왼팔 끝에 있는 것은 단검이었다. 그것이 단단한 비늘로 보호받지 못하는 녀석의 입안 위턱 부분에 꽂혀 있었기 때문이다.

나는 내 왼쪽 어깨에 파고든 아래턱 이빨에 오른팔을 억지로 집어넣어 힘을 주었다.

"익! 이이이이익!"

"슉슈루루루루!"

녀석도 놔주지 않겠다는 듯 턱에 힘을 주었다.

나 역시 이 세계에 온 뒤로 줄곧 지옥 같은 훈련을 해 왔단 말이다!

힘이라면 자신이…… 아마도 있다.

아니, 역시 무리야. 양팔이라면 모를까 한 팔로는 무리다. 이대로는 정말로 왼팔이 내게서 영영 떨어져 버리겠어!

왼손 감각이 없어지기 시작했다. 치유마법으로 계속 고치고는 있지만 피를 되돌릴 수는 없었다.

"응? ……왼……손? 그래, 맞아!"

나는 뱀의 입안을 찌르고 있던 단검을 비틀어 상처를 도려냈다.

상당히 아플 터였다. 아니나 다를까 무는 힘이 느슨해졌다.

"하앗!"

그 순간을 가늠하여 입을 열어서 왼팔을 빼냈다.

피와 타액 범벅이 된 팔을 누르며 후방으로 물러났다.

뱀은 입안에 퍼지는 격통에 괴로워하고 있었다.

추격타를 날릴 기회지만 단검은 뱀의 입속에 놓고 와 버렸다. 이것으로 내 무기는 없어지고 말았다.

하지만 아직 희망이 있었다.

"……목표는 저기뿐이지."

높이 쳐들고 있는 머리의 한 부분.

녀석에게 회복할 여유는 주지 않겠다. 나는 그대로 달리려고 했지만…….

"어라……?"

시야가 기우뚱 흔들렸다. 사지에 점점 힘이 들어가지 않았다.

응급 치유는 했다.

그렇다면 생각할 수 있는 가능성은 하나뿐—.

"독, 인가."

저렇게 거대한 몸에 독까지 있다니 비겁하잖아?!

하지만 아마도 이것이 마지막 기회, 놓칠 수는 없었다. 독 따위로 쉬고 있을까 보냐. 내가 낼 수 있는 모든 마력으로 온몸을 덮었다.

독으로 몸 안쪽을 손상시켜 간다면 거기부터 고치면 그만이다. 전신에 격통을 느끼며 땅을 박차 뱀을 향해 달렸다.

"우오오오오오오오오오오오!"

절규하면서 돌진하는 내 모습을 눈치챈 뱀은 나를 향해 꼬리를 휘둘렀다.

피할 수 없지만 상관없었다. 맞으면 고치면 된다.

내게 꼬리가 직격하려는 순간, 눈앞에 파란 덩어리가 끼어들었다.

"크르르르르르!"

"너……?!"

새끼 블루 그리즐리…… 날 도와준 건가? 괴로워하는 소리를 내며 뱀의 꼬리를 붙잡은 블루 그리즐리의 눈동자가 한순간 내 쪽을 보았다.

나는 그 눈을 보고 말없이 뱀에게로 몸을 돌렸다.

머리는 내 손이 닿지 않는 위치에 있었다. 그렇다면 몸통을 타고 올라갈 뿐이다.

뱀이 날뛰어서 떨어질 뻔했지만 오기로 매달렸다.

그렇게 머리 위에 도달하자 뱀은 나를 떨어뜨리기 위해 머리를 흔들기 시작했다.

"그런 움직임으로 내가 떨어질 거라고 생각한다면…… 너는…… 바보야!"

한 손만으로 비늘을 붙들고, 양발로 위턱을 단단히 조여서 하체를 고정했다.

이렇게 하면 간단히 떨어지지는 않는다.

비늘에서 손을 뗀 뒤, 주먹을 만들어 그대로 치켜들고—.

"얌전히 있어!"

날뛰는 뱀의 정수리로 힘껏 내리쳤다. 비늘 때문에 효과가 약하다는 것은 알고 있다. 하지만 너의 기를 꺾기에는 충분한 일격이지?

철판을 때린 듯한 쾅 소리와 함께 몸을 움찔한 뱀이 땅으로 쓰러졌다.

그 틈을 타 나는 뱀의 머리에서 뛰어내려 녀석의 오른쪽 눈에 꽂혀 있는 창을 오른손으로 붙잡았다.

"이걸로 끝이다!"

오른팔에 힘을 담아 창을 밀어 넣었다.

뱀은 고개를 흔들어 날 떨어뜨리려고 했지만, 더욱 힘주어 창을 박아 넣자 움직임을 뚝 멈추더니 지면에 털썩 쓰러졌다.

땅에 내던져진 나는 대자로 뻗어 곁눈질로 뱀을 보았다.

"하하하…… 해냈어."

"크르르……."

상처투성이인 새끼 블루 그리즐리가 내 곁으로 다가왔다.

잡아먹히는 건가 싶었지만 적의는 없는 모양이었다. 내 옆에 앉은 새끼 곰은 내 얼굴을 들여다보며 한 번 울었다.

“적은 해치웠어…….”

“……크웅.”

이 새끼 곰은 앞으로 어떻게 하려나. 이 숲에서 살아갈 수 있을까?

아니지, 걱정할 필요 없나? 저 뱀에게도 맞섰다. 그 정도 근성이 있다면 괜찮겠지.

“키샤…… 샤아…….”

그때, 완전히 안심했던 내 귀에 듣고 싶지 않았던 울음소리가 들렸다.

“읏?! ……거짓말, 이지?”

뱀이 느릿하게 일어난 것이다.

그 눈에는 격렬한 증오가 깃들어 있었다.

“크르…… 크르르…….”

“그만해, 도망쳐, 도망치라고!”

새끼 곰이 내 옷을 물고 끌었다.

움직이지 않는 내 몸이 너무 한심해서 눈물이 났다. 이런 데서 끝나 버리는 건가—.

카즈키, 이누카미 선배, 로즈…….

맞아, 전부 로즈 탓이야! 마지막 순간 정도는 원망을 토로해도 용서받겠지.

"젠장, 귀축—! 아줌마—! 폭력녀—! 오오오거어어어어어어!"
입을 크게 벌린 뱀이 우리를 향해 다가왔다.
이제 만족스러웠다. 어쩐지 후련했다.
로즈 녀석, 죽어도 지옥에서 계속 저주해 주겠어.
죽음을 각오한 순간, 눈앞에서 크게 입을 벌린 뱀을 「무언가」가 찌부러뜨렸다.
"엥?"
"정말이지, 더러운 실패작이. 얌전히 죽을 것이지……."
뭉개버린 뱀의 머리에서 발을 빼는 초록 머리 여성. 그리고 어깨에는 너무나 낯익은 검은 토끼.
나와 새끼 곰은 그 자리에 멍하니 있었다. 하지만 몇 초 후, 상황을 이해한 나는 덜덜 떨었다. 물론 공포로—.
"여, 우사토. 잘했어."
"로, 로즈 님!"
나도 모르게 「님」이라고 해 버렸다.
하지만 여제의 군림에 무심코 「님」을 붙이고 마는 것은 어쩔 수 없는 일이리라.
공포에 떠는 나를 내버려 둔 채 로즈는 어깨에 있는 검은 토끼를 쓰다듬으며 히죽 웃었다.
"이 녀석이 알려 주지 않았으면 위험했어."
"그 토끼……."
"응? 토끼? 무슨 소리야. 이 녀석은 평범한 토끼가 아니다. 이 녀

석은 쿠쿠루, 네 감시를 맡겼던 내 펫이지."

내 치유제가 악마로 변한 순간이었다.

"너한테 무슨 일이 생겼을 때를 대비해 숲 밖에 있었지만…… 설마 지난번 침략 때 시구르스가 미처 못 죽인 몬스터가 숲으로 도망쳤을 줄은 몰랐어. 뭐, 최대한 참견하지 않고 지켜보고 있었지만 말이지."

"침략? 마왕군의 침략이요?"

이 사람, 내가 그 뱀에게 쫓기던 걸 보고 있었던 건가?!

더 이상 아무 말도 하지 않겠다. 이 몰인정함에도 익숙해졌다.

"하지만 이 숲의 보스인 그랜드 그리즐리가 죽은 건 예상 밖이었어."

"뭐?! 그럼 당신, 첫 마물전으로 숲의 보스랑 싸우게 하려던 거야?!"

정말 인정사정없네! 사람도 아니야!

"아니, 그건 아니야. 보통은 쓰러뜨릴 수 있을 리가 없으니까. 그랜드 그리즐리에게 도전하여 패하더라도 자신보다 수준 높은 상대와 실전을 쌓게 하고, 일주일쯤 지나면 꺼낼 생각이었지만……."

"생각이었지만?"

"뜻밖에도 네 녀석이 재밌는 짓을 하길래 어떻게 될지 궁금해서 속행했다."

"저 진짜 죽을 뻔했거든요?!"

살기 위해 했던 행동이 내 목을 조르고 있었던 거야? 그게 뭐야, 너무하다고…….

로즈는 울적해하는 내게 다가왔다. 이제 그냥 마음대로 하세요.

"크르르!"

그때 나와 로즈 사이에 새끼 블루 그리즐리가 끼어들었다.

안 돼! 그 사람한테 대들면 큰일 나! 그 사람은 아까 그 뱀보다도 흉악해!

"응? 이 녀석은 새끼 블루 그리즐리인가? 너, 이 녀석을 길들인 거냐?"

"엇, 그런 거야?"

나도 멋대로 이 새끼 곰에게 유대 같은 것을 느끼고 있지만, 설마 이 녀석도?

"하! 역시 넌 나랑 닮았어. 어이, 너."

로즈가 말을 걸자 새끼 곰이 움찔 떨었다.

역시 절대적 강자인 로즈에게는 마물조차 겁을 먹는 거겠지.

"너도 데려가겠다. 이 반송장을 옮겨라."

"예? 무슨 소리를 하시는 거예요?! 왕국에 몬스터를 들여도 되는 건가요?!"

"날 누구라고 생각하는 거야? 당연히 허가하게 만들어야지."

으엑, 완전 횡포야!

"그리고 마침 쿠쿠루를 데려올 생각이었어. 덤이 있어도 문제없지."

정말 터무니없네. 아직 이 새끼 곰이 나를 따라올지조차 미심쩍은데…… 응응? 새끼 곰 씨, 왜 내 몸을 들어 올리는 거죠?

"크웅."

"엇, 너도 따라오려는 거야? 부모가 있는 숲을 떠나도 괜찮겠어?"

내 말을 감각으로 이해했는지 새끼 곰은 몸을 흔들어 대답했다. 내게 은혜를 느끼고 있는 모양이었다.

이제 어찌 되든 좋다고 한숨을 내쉬며, 나는 마지막으로 신경 쓰였던 점을 로즈에게 물었다.

"그 토끼…… 왜 다쳤던 건가요?"

"아아? 널 방심시키기 위해서지. 이 녀석에게는 한바탕 연극을 부탁했어."

"뀨."

그렇게 자신만만하게 가슴을 쭉 펴지 말렴, 토끼야. 내 마음은 그 모습에 좍좍 상처 입고 있으니까. 그리고 말이 통하는 이유도 이걸로 이해했다. 전부 로즈의 손바닥 위였던 거다. ……눈물 나.

"그럼 일단 안전한 곳까지 옮기기로 할까."

나를 짊어진 새끼 곰을 로즈가 휙 들어 올렸다.

이제 싫어, 이 사람 무서워…….

"그러고 보니……."

울 것 같은 기분이 된 내게 로즈는 웃는 얼굴로 돌아보고서 이마에 핏대를 세웠다.

"아까 나한테 뭐라고 외치던데~? 뭐랬더라? 귀축? 아줌마? 폭력녀? 오거? 나는 스물다섯이야. 돌아가면 각오해."

지금 알았다.

나의 최대 적은 그 뱀이 아니었다.

"바, 반올림하면 서른이잖아요?"

"……오늘은 못 잘 줄 알아."

너무나 무서운 이 단장이었다.

***

마침내 돌아온 링글 왕국.

몸에 퍼졌던 독도 상처도, 로즈의 치유마법으로 나았다.

왕국에 돌아온 뒤로 절실히 생각했다. 열흘간의 산중 수행이었지만 무척 긴 시간을 보낸 기분이었다. 기껏해야 열흘이라고 하면 그뿐이지만, 그 내용이 너무나도 농밀했다.

지금은 새끼 블루 그리즐리, 이름하여「블루링」을 구명단 기숙사 근처의 낡은 마구간으로 데려가 몸에 난 상처를 고치는 중이다.

파란 털이 복슬복슬해서 기분 좋았다.

"훗, 내가 지었지만 나이스 네이밍이지? 블루링."

이야~ 블루링은 정말 괜찮은 이름인 것 같아. 블루 그리즐리에서「블루」와「리」를 따 블루링이라니, 지역 마스코트 캐릭터 같은 귀여운 이름이야.

"와구."

블루링의 머리에 손을 올리자 내 말에 동의하듯 손을 덥석 물었다.

그렇군, 이름을 받은 것이 어지간히 기쁜 모양이다. 하하하, 장난으로 문 수준을 넘어서 피가 나는구나.

현재 진행형으로 내 손을 우물거리고 있는 블루링에게 무사히 입국 허가가 떨어졌다.

솔직히 쫓겨날 줄 알았는데, 로즈의 말에 의하면 검은 토끼 쿠쿠루처럼 인간을 따르는 몬스터는 어느 정도 안전을 확보할 수 있다면 며칠간 관찰 기간을 거쳐 왕국에 체재할 권리를 받을 수 있다고 한다.

그때 어려운 보고서 등을 써야 하는 것 같지만, 그 부분은 로즈가 해 준다고 했다.

자상한 건지 무서운 건지 알 수 없는 단장이다.

"그건 그렇고……."

"뀨?"

"너 말이야. 이 배신자…… 아니, 배신 토끼 녀석."

"뀨~."

"귀여워……! 귀엽게 고개를 갸웃해도 소용없어!"

나와 블루링을 따라온 로즈의 펫, 쿠쿠루. 종족명은 누아르래빗. 꽤 드문 종류의 몬스터라고 로즈에게 들었지만…… 이 토끼에게는 전과가 있다.

내 순수한 마음을 가지고 논 죄였다. 일부러 다친 척까지 하며 접근하다니, 주인을 향한 마음이 너무 갸륵하여 호감이 간다. 나를 속이기 위해서가 아니었다면 말이야!

"근데 납득이 안 가. 로즈의 펫이라면 드래곤이나 전설상의 위험한 생물일 줄 알았는데……. 귀엽다니 치사해!"

"크앙!"

"아얏?! 미안?!"

블루링도 귀여워! 그러니까 내 정강이에 펀치 날리지 마!

필사적으로 아픔을 참는 나를 이상하다는 얼굴로 지켜보던 쿠쿠루가 내 뒤를 보고 한 번 울더니 그쪽으로 쌩 뛰어갔다.

돌아보자 어깨에 쿠쿠루를 얹은 로즈가 있었다.

"옳지, 착해라."

"로즈 씨……."

"여, 보고서는 적당히 처리했어. 그 곰은 이제 구명단의 소유물이야."

"소, 소유물……."

뭐, 그렇겠지.

이 장소도 무료로 빌려주는 건 아니고, 블루링의 먹이 문제도 있다. 이 녀석도 일해야겠지.

그렇게 생각하며 블루링 쪽을 보니 그는 짚더미에 머리를 처박고 있었다.

블루링, 너…… 아무리 로즈가 무섭다지만 그건 아니잖아.

"그 곰에 관한 얘기는 이걸로 끝. 내가 여기 온 건 그 실패작 때문이야."

실패작? 그 뱀을 말하는 걸까.

"그 몬스터는 그 토…… 쿠쿠루가 깨끗한 물이 있는 장소를 제게 안내해 줬을 때, 숲 안쪽 깊숙한 곳에서 조우했던 거예요."

"그렇군. 녀석은 우리에게 들키지 않을 곳에서 상처를 고치며 힘을 기르고 있었던 건가. 하지만 그랜드 그리즐리를 죽이다니……."

"저기……."

"뭐야?"

"그랜드 그리즐리는 얼마나 위험한 몬스터였던 건가요?"

내가 얼마나 위험한 곳에 내던져져 있었는지 순수하게 궁금했다.

내 질문을 듣고 로즈는 귀찮다는 얼굴로 팔짱을 꼈다.

"흠…… 이 나라의 정예를 모은 중대가 뭉쳐도 당해낼 수 없는 수준이지. 강함으로 따지자면 군단장 시구르스보다 살짝 약한 정도 아닐까? 아무튼 숲 먹이 사슬의 정점에 선 위험종이니까."

"당신 바보 아니야?!"

"뭐?"

"죄송합니다."

즉각 사과하고 말았다. 여기선 물러나면 지는 건데!

곰곰이 생각하면, 정예 중대도 못 당하는 그랜드 그리즐리를 죽인 뱀을 빈사로 몰아넣은 나는, 대단하지는 않아도 조금은 노력한 게 아닐까?

별생각 없이 그것을 로즈에게 물어보자 뜻밖에도 로즈의 대답은 매도도 비판도 아니었다.

"이번 일에 관해서 너는 합격이야. 아니, 합격 이상이라고 해도 좋아. 숨통은 끊지 못했지만 그 실패작을 궁지로 몰아넣었지. 네게는 자격이 있어."

"무슨 자격이요?"

"나와 같은 전장에 설 자격. 아직 기초가 부족하지만, 너는 다른 치유마법사와는 다른 걸 손에 넣은 거야."

"다른 거요?"

"고통을 견딜 수 있는 몸, 신체 능력, 그리고……."

로즈는 내 가슴에 주먹을 툭 댔다.

"강인한 정신력. 다른 치유마법사 두 명이 손에 넣지 못한 거지. 자랑스러워해라."

"하아, 그다지 실감은 안 들지만……. 응? 다른 치유마법사요?"

그러고 보니 구명단에는 로즈 말고 치유마법사가 두 명 더 있다는 것이 생각났다. 하지만 한 번도 그 모습을 본 적이 없었다.

"한 명은 몸이 약해. 그래서 다른 한 명인 여동생과 마을에서 진료소를 열고 있어."

"그렇군요, 그래서……."

나는 이때 그 사람들이 부럽다고 생각했다.

훈련을 받지 않아도 되니까.

"그 녀석들은 긴급 시 후방 지원이야. 통이랑 다른 녀석들은 부상자 회수, 나랑 너는 전방에서 부상자 치료."

"제가 전위라고요?!"

"당연한 거 아니야? 너는 나랑 똑같으니까."

"어째……서?"

"시간이 없어. 이제 곧 마왕군이 올 거야. 아마 지난번 실패를 되풀이하지 않기 위해 적극적으로 날 노리겠지. 거기서 히든카드인

네가 등장하는 거야."

요컨대 나는 마왕군에 대한 비장의 카드? 그건 좀 과한가? 오히려 상대를 속이기 위한 조커에 가까울지도 모른다.

내가 그런 중요한 역할을 할 수 있을까? 생사가 걸린 싸움 속에서 나는 평범한 정신 상태를 유지할 수 있을까…….

"고민하는 건 어쩔 수 없지. 하지만 각오는 해 둬. 전장에는 반드시 용사가 투입될 거다."

"……!"

카즈키와 이누카미 선배.

두 사람이 용사로서 마왕군과의 싸움에 나가야만 하는 것은 당연한 일이리라.

나는 어떻게 하지? 솔직히 말해서 전쟁 따위에 참가하고 싶지는 않았다.

하지만…… 그 이상으로 두 사람을 돕고 싶다는 생각이 강했다.

고집, 아니면 보잘것없는 자존심이라고 할까, 두 사람이 나간다면 같은 형편인 나도 뭔가 하고 싶었다. 두 사람이 노력하고 있는데 나 혼자 안전한 곳에 있는 것도 싫었다.

결국, 원래 세계에서는 그다지 친하지 않았던 두 사람의 존재가 어느새 내 안에서 커진 것이다.

자연스럽게 답은 정해져 있었다.

그 뱀과 싸워서 죽음을 의식했고 마왕군 이야기를 들었지만, 그래도 친구가 생각났다. 원래 세계에서 귀찮은 일을 피하던 때의 내가 아니었다. 이 세계에서, 이 나라에서, 이 장소에서 나는 극적으로 바뀔 수 있었다.

그것이 어느 정도의 변화인지 아직 스스로는 잘 알 수 없었다.

하지만 선배랑 카즈키와 친구가 되고, 내가 있을 곳인 구명단에서 피나는 훈련을 거쳐 나는 강해졌다.

그러니까—.

"저는…… 싸우지 않습니다."

"그래."

강함의 형태는 하나가 아니다. 선배와 카즈키가 링글 왕국의 용사로서 침략해 오는 마왕군과 싸운다면 나는 내 싸움을 하자.

"적도 죽이지 않을 겁니다."

"그래."

적을 죽이는 검이나 무기도 필요 없다.

"하지만 모두를 구하겠어요. 왜냐하면 저는 구명단의 일원이니까요."

지금 이 순간, 나는 각오를 다졌다. 이 나라를 지키는 구명단의 단원으로서 이 사람을 따라가겠다는 각오를—. 그리고 그저 휘말렸을 뿐인 나를 받아들여 준 이 나라와 두 친구를 위해 치유마법의 힘을 쓰겠다고 결의했다.

"그거면 돼. 우리는 구명단이다. 상대를 죽일 필요는 없어. 사람을 구해야지. 자기희생 정신으로 죽고 싶어 하는 녀석은 두드려 패서 데려가. 적에게 살해당하려는 녀석은 옆에서 가로채 버려. 죽을 것 같은 녀석은 죽어서라도 살려 내. 그게 우리 역할이다. 이해했나? 신입. 쭉쭉 이상론을 떠들어. 우리 구명단은 그래야만 해.”

사납게 웃는 로즈를 보고 나는 자연스럽게 그 자리에서 자세를 바로잡았다.

더 이상 망설임은 없었다. 그녀의 외눈을 바라보고 크게 외쳤다.

“네! 단장님!”

이때, 처음으로 나는 이 구명단의 일원이 됐다는 생각이 들었다.

제4화 우사토, 일상을 보내다!

로즈에게 결의를 표명한 후, 역시 벌 받았습니다.

내가 욕한 것을 기억하고 있던 그녀는 나를 가두고서 지옥의 근력 트레이닝 메뉴를 부과했다.

나는 어지간히 무서운 체험을 한 모양이다. 어젯밤의 기억이 없었고, 정신을 차리고 보니 어째선지 내 침대에서 자고 있었다.

"나, 나는 대체 무슨 짓을 당한 거야……?"

"오, 일어났냐? 우사토."

"통. 왠지 네 얼굴을 보는 것도 오랜만이네."

침대에서 몸을 일으키자 무섭게 생긴 동료, 통이 있었다.

다 큰 어른조차 도망칠 만한 유감스러운 얼굴을 일어나자마자 보다니, 하루가 영 재수 없을 것 같다.

통과 가볍게 잡담하며 옷을 갈아입고, 아침밥인 딱딱한 빵을 우유로 넘긴 후 밖으로 나갔다.

가는 길에 식당에서 과일을 얻어 양동이에 담았다.

그렇게 향한 곳은 마구간.

"블루링, 일어났어?"

"……크웅?"

방금 일어난 모습인 블루링을 한 번 쓰다듬고 양동이 안에서 과일을 하나 꺼내 내밀었다.

블루링은 과일에 코를 가까이 대고 냄새를 맡은 뒤, 커다란 입을 벌려 덥석 물었다.

"옳지, 옳지."

"우적…… 우적."

천천히 씹어 삼킨 블루링에게 과일을 하나 더 내밀었다. 그러면서 다른 손으로 쓰다듬는 것을 잊지 않았다.

후후후, 얌전한 데다 털 감촉이 정말 좋아.

히죽히죽 웃으며 과일을 주는 내 모습은 남들이 보기에는 아주 기분 나쁠 것이다. 하지만 어쩔 수 없어. 애완동물을 키워 본 적이 없는걸.

"칫, 여기 있었나. 괜히 찾아다녔네."

"로…… 단장님? 무슨 일이세요? 아직 훈련 시간은 아닌데."

로즈가 언짢은 표정으로 들어왔다.

언짢아 보이는 것은 일상이기에 나는 신경 쓰지 않았다.

"오늘 훈련에는 그 녀석……, 이름이 뭐지?"

"블루링이요?"

"블루……링? 정말 그 이름으로 지은 건가?"

블루링의 이름을 묻는 로즈에게 이름을 가르쳐 주었다.

그러자 로즈의 눈이 휘둥그레졌다. 좀처럼 볼 수 없는 표정이라 약간 신선했다.

"너, 그런 이상한 이름으로 괜찮은 거냐?"

"엇, 이름 괜찮지 않아요? 그치? 블루링."

더할 나위 없는 센스가 느껴지는데 이상한 이름이라니 정말 실례라니까. 너도 그렇게 생각하지?

"와구."

머리를 쓰다듬으려고 내민 손을 덥석 물렸다.

훗, 이건 분명 블루링이 수줍어서 그런 거니까. 이 아이의 애정표현이니 나는 전혀 괴롭지 않아.

"보세요, 블루링도 마음에 들어 하잖아요."

"……뭐, 좋아. 그럼 그 블루링은 오늘부터 너랑 같이 훈련에 참가해 줘야겠어."

나랑 블루링이?

물고 있던 손을 해방한 블루링이 작게 고개를 갸우뚱하며 로즈를 보았다.

"그 녀석도 일단은 구명단 일원이다. 네 훈련을 함께한다."

"으음~ 블루링도 참가할래?"

질문을 던져 보자 블루링은 마치 자신을 고무하듯 울음소리를 냈다.

"가려나 봐요."

"시간이 아까워. 빨리 와."

블루링을 데리고 로즈와 함께 마구간을 나섰다.

오랜만에 하는 훈련에 가슴이 뛰었다.

어라? 나 조교되고 있는 건가?

"좋아, 블루링을 짊어지고 뛰어."

"예?"

영문을 모르겠다. 왜 같이 뛰는 게 아니라 블루링을 짊어지는 걸까.

"말대답하지 마. 추를 단 상태에서 블루링을 짊어지고 뛰는 거다."

"추까지?!"

"당연하지. 그 곰은 평범한 인간보다 무거우니 딱 좋아. 실전을 상정한 모의 훈련이다. 곰을 구조자라고 가정하고 계속 달려. 대충하지 마. 실전이라는 마음으로 해."

"알겠습니다……."

나는 중량 조끼처럼 생긴 상의를 입었다. 반가운 무게를 몸으로 느끼며 블루링을 업듯이 들어 올렸다.

완전 가벼웠다. 이거라면 문제없겠어.

"괜찮아? 블루링."

"크앙."

내 머리를 가볍게 때리는 블루링.

지금 말랑한 발바닥이 내 뒤통수에 살짝 닿았던 것 같다. 갑자기 의욕이 솟는다.

나무 그늘에 앉아 약간 두꺼운 책을 꺼낸 로즈에게 말했다.

"크크크…… 단장님, 저와 블루링의 콤비네이션을 보여드리죠!"

"쓸데없는 소리 말고 냉큼 뛰어."

로즈의 어조가 명백히 짜증스럽게 바뀌어 위험하다고 느낀 나는 다소 앞으로 몸을 숙이고 달리기 시작했다. 달리는 루트는 언제나 연습하고 있는 훈련장 주변 숲속이었다.

결코 넓지 않은 장소를 빙글빙글 돌았다.

몸이 가벼웠다. 숲에서 보낸 서바이벌 생활이 내 몸을 단련했는지, 아니면 뱀과 싸우며 급속히 치료한 영향으로 근육과 뼈가 강인해진 건지—.

"그런 만화 같은 얘기가 가능할 리 없나?"

"크웅?"

"아아, 미안. 혼잣말이야."

달리는 중에는 치유마법으로 몸 전체를 덮듯 얇은 빛의 막을 전개했다.

효력은 집중할 때보다 떨어지지만, 강한 마력으로 구석구석까지 치유할 수 있었다. 이게 없었다면 로즈의 훈련을 좇아가지 못했을 것이다.

달리기 시작한 지 약 두 시간. 일정한 속도로 계속 달리고 있지만 아직 피곤하지는 않았다. 마력도 절약하고 있었다. 오히려 이 정도로 죽는소리하면 나는 여기 있을 수 없겠지.

"아직 더 뛸 수 있어……."

하지만 네 시간쯤 지났을 무렵, 나는 위화감을 느끼기 시작했다.

발이 무겁고 숨이 찼다. 체력에는 아직 여유가 있었다. 그러나 무언가가 내 움직임을 방해했다.

등에 있는 블루링이 내가 걱정스러웠는지 몸을 흔들었지만 나는 그것에 반응할 수 없었다.

점차 몸이 무거워졌고 달리는 속도도 점점 느려졌다.

태양이 머리 위를 지났을 즈음, 마침내 나는 그 자리에 넘어져서 블루링을 내리고 대자로 뻗어 버렸다.

"하아, 하아, 하아…… 왜 이러지……."

"어이어이, 왜 그래~? 그렇게 굼떠서야 살릴 수 있는 것도 못 살려!"

매도하는 로즈에게 말대꾸할 기력조차 없었다.

게다가 나도 모르는 사이에 마력이 다 떨어진 상태였다.

평소에는 한나절을 써도 버텼을 텐데…….

나무 그늘에서 책을 읽던 로즈가 대자로 뻗은 내게 욕하며 다가와 얼굴을 들여다보았다.

"이해했어? 그게 사람을 업었다고 가정했을 때의 네 체력이다."

"가정했을…… 때?"

"인간의 몸은 재밌어서 스트레스로 인해 피로도가 바뀌거든. 긴장, 공포, 초조감 같은 감정으로도 인간의 몸은 피로를 느껴. 네가 짊어진 블루링을 인간이라고 가정하면 넌 전장에서 평소보다 짧은 시간 만에 힘이 다해 버린다는 거야."

"그럼, 어떻게 해야 하죠?"

"익숙해져. 그리고 겁먹지 않는 정신력과 판단력을 길러. 오늘부터 이 훈련을 할 거다. 자."

로즈는 내 머리에 초록빛을 띤 손을 올렸다.

따뜻한 빛이 온몸을 감쌈과 동시에 몸의 피로가 빠져나갔다. 역시나 마력은 돌아오지 않았지만, 스스로 일어날 수 있을 정도로는 회복되었다.

"감사합니다."

"지금은 마력 회복에 전념해. 오후부터 똑같은 훈련을 한다."

……이러니저러니 해도 이 사람은 남을 잘 돌보는 성격이란 말이지.

내가 숲에서 생활하는 동안에도 왕국으로 돌아가지 않고 숲에 있었던 것 같으니까.

그리고 의외로 동물 애호가다.

"단장님은……."

"응?"

"츤데레군요."

"그게 뭐야?"

"아뇨, 아무것도 아니에요."

이 말을 로즈가 아는 것은 역시 위험했기에 마음속에 담아 두기로 했다.

"……그럼 됐고. 오후에는 성 아랫마을과 성 주변을 뛰고 와."

"……예?"

거기 사람 엄청 많잖아?!

***

두 번째로 방문한 성 아랫마을.

길을 오가는 사람도 있기에 속도를 늦춰서 달려야 했다.

로즈가 말하길, 사람들 사이를 달리는 것에 익숙해지란다.

그런데—.

등에 블루링을 짊어지고 거리를 달리는 건 꽤 주목을 받는구나.

블루링이라는 마물의 존재에 사람들이 겁먹을 법도 한데 어째선지 그런 모습은 보이지 않았다. 오히려 「또냐」라는 표정으로 내 쪽을 힐끗 보았다.

"왜 소동이 벌어지지 않는 걸까? 블루링."

내 모습은 훈련복 위에 이상한 조끼를 걸치고서 커다란 곰을 업은 이상한 소년이었다. 나라면 분명 신고한다.

"뭐, 좋은 일인가? 집중할 수 있고."

성 아랫마을은 꽤 컸다.

이제 두 번째 방문이라 지리에 어두운 나는 작은 골목이 아니라 사람이 있는 큰길을 달릴 수밖에 없었다. 만약 길을 잃게 되면 큰 성을 표식으로 삼으면 되지만 말이지.

그나저나 여러 가게가 있구나. 오늘 아침 블루링에게 줬던 과일을 잔뜩 팔고 있는 것을 보면 저게 이 나라의 특산물일까? 나중에 통한테 물어보자.

"어~이!"

전에 왔을 때에는 눈치채지 못했지만 향긋한 냄새도 감돌았다. 노점이 늘어선 길을 달리며 들여다보자 원래 세계와는 다른 독특한 모양의 음식을 이곳저곳에서 팔고 있었다.

"하아, 하아, 잠깐……만."

그건 그렇고 뭐지? 아까부터 목소리가 들리는데…… 점점 다가오다가 멀어져 갔다.

누가 날 부르고 있는 건가?

뒤돌아보니…….

"콜록…… 하아, 하아…… 잠깐만, 거기 너……."

10미터쯤 떨어진 곳에 힘이 다했는지 호리호리한 남성이 쓰러져 있었다.

눈앞에 펼쳐진 광경을 보고 나는 잠시 멍했지만 곧바로 정신을 차리고 쓰러진 남자에게 걸어갔다.

블루링을 일단 내린 다음, 남자의 등에 손바닥을 대고서 치유마법을 흘려 넣었다.

"괘, 괜찮으세요?"

"콜록…… 겨우…… 알아차려 줬구나……."

이 사람은 내게 용건이 있는 모양이다.

치유마법을 걸면서 남자를 일으켰다. 남자는 새파래진 얼굴에 미안하다는 표정을 짓고서 일어났다.

예쁜 금발에 꽤 미형이었다. 하지만 다크서클과 얼굴에 묻은 모래 때문에 매우 유감스러운 모습이 되어 있었다.

아직 몸 상태가 좋지 않아 보였기에 일단 길옆으로 가서 근처에 방치되어 있던 나무 상자에 앉혔다.

"기분은 좀 어떠세요?"

"이거 미안해서 어쩌지……."

"답례는 딱히 필요 없지만, 제게 무슨 용건이라도?"

좀 안정됐는지 얼굴에 생기가 돌아온 남자는 부끄러워하며 머리를 긁적였다.

"후배에게 인사하고 싶어서 말이야. 무심코 쫓아와 버렸어."

"후배요……?"

"어라? 단장님한테 못 들었어?"

후배? 이 세계에서 선배에 해당하는 사람은 구명단 동료인 통 일행……이지만, 그 험악한 인간들은 선배라고 부를 가치가 없기에 후보에 넣지 않는다.

그렇다면…… 아!

"치유마법사!"

"단장님이 우리에 관해 설명 안 했구나……. 그럼 정식으로 인사할게. 나는 구명단에 소속된 올가 플레르. 참고로 스물세 살이야. 편하게 올가라고 불러 줘."

"제 이름은 우사토예요. 새로 구명단에 들어왔습니다. 잘 부탁드려요, 올가 씨."

이 사람이 나랑 똑같은 치유마법사…….

이 사람의 일은 전선 담당이 아니라 후방 지원이라고 로즈에게 들었다.

"훈련을 방해해서 미안해. 약을 사러 가는데 새끼 블루 그리즐리를 짊어진 구명단 사람이 보이길래 혹시 신입인가 해서……."

"그랬던 거군요. 어떻게 제가 구명단 사람인지 아셨나요?"

"하하하, 네가 입고 있는 옷 때문이야. 그 훈련복은 구명단 사람만 입을 수 있는 특별한 옷이거든."

"엇, 그런가요? 당연히 그냥 운동복인 줄 알았어요."

지금까지 신경도 쓰지 않았지만, 올가 씨는 이 훈련복을 보고 나를 구명단 사람이라고 판단한 건가?

"그리고 이 주변은 통 일행도 자주 뛰니까. 마을 사람들도 꽤 익숙해졌어."

"아하, 그래서 나랑 블루링을 봐도 별로 안 놀랐던 거구나……."

"나는 새끼 블루 그리즐리를 보고 당황했지만 말이야……. 하하하."

그렇게 존재감 강한 녀석들이 거리를 달리고 있으니 곰을 짊어진 정도로는 임팩트가 부족할 것이다. 수수께끼는 전부 풀렸네.

이상하다는 얼굴로 나를 보는 블루링의 머리를 쓰다듬으며 올가 씨에게 시선을 보냈다.

그는 생긋 웃고서 나를 향해 입을 열었다.

"그건 그렇고 깜짝 놀랐어. 단장님의 고된 훈련을 쫓아가다니. 우린 전혀 쫓아가지 못했는데……."

"아뇨, 저도 필사적이었으니까요……. 응? 우리라는 건 다른 치유 마법사……를 말하는 거죠?"

"맞아. 다섯 살 어린 내 여동생이야. 우리는 훈련에 참가하지 않는 대신 진료소를 열어서 체력이 아니라 마력을 높이고 있어."

마법 적성도 가족끼리 닮는 걸까.

구명단이라는 조직 안에서 통 일행의 기본이 신체라면, 올가 씨와 다른 한 명의 기본은 마법이라는 느낌인가. 그리고 양쪽을 다 가지고 있는 것이 나랑 로즈.

"하지만 구명단이라는 사실은 변함없어. 유사시에는 우리도 단장님의 지휘하에 부상자를 치료하는 거지."

구명단도 여러 가지로 생각하고 있구나.

응? 하지만 올가 씨가 나와 똑같은 치유마법사라면 왜 나를 쫓아올 때 자기 몸을 고치지 않은 걸까? 치유마법사라면 피로도 고칠 수 있을 텐데.

"올가 씨는 자기 몸을 못 고치는 건가요?"

"아~ 부끄럽지만 나는 자기 몸을 고치는 게 서툴러. 반대로 타인을 고치는 건 잘하지만 말이야. 게다가 몸도 약해서 단장님의 훈련을 쫓아가지 못했어. 그 탓에 동생한테는 잔뜩 폐를 끼쳤지."

"그랬군요……."

치유마법으로 가능한 일과 불가능한 일에는 개인차가 있는 모양이다.

여유가 있으면 그들이 열고 있는 진료소에 얼굴을 내밀어 보고 싶다.

나는 블루링을 짊어지고 일어났다.

"그럼 전 슬슬 훈련으로 돌아갈게요. 올가 씨는 좀 더 쉬었다가 가세요."

"방해해서 미안해, 우사토 군."

"아뇨, 저도 올가 씨랑 얘기할 수 있어서 좋았어요."

너무 오래 쉬고 있을 수는 없었다.

이유를 말하면 혼나지는 않겠지만, 훈련만큼은 성실하게 하고 싶었다.

"아! 마지막으로 한마디 괜찮을까?"

"예?"

올가 씨가 말을 걸어서 돌아보았다. 그곳에는 조금 전처럼 상냥한 웃음이 아니라 진지한 표정을 지은 올가 씨가 있었다.

"단장…… 아니, 로즈 씨를 너무 싫어하지 말아 줘. 그 사람은 난폭하고, 그게, 빈말로도 자상하다고는 할 수 없지만, 뭐랄까, 서툰 사람이야. 그러니까……."

여기서 그가 「단장님」이 아니라 「로즈 씨」라고 부른 것에는 단장으로서의 로즈가 아니라 개인으로서의 로즈라는 뜻이 담겨 있을 것이다.

"괜찮아요. 원래부터 싫어하지 않거든요!"

엄격하고 포악하고 인정사정없는 단장이지만 신기하게도 미워할 수 없었다.

숲에 떨어뜨린 것에는 원망도 하고 싶지만, 숲에 가지 않았다면 블루링과도 만나지 못했을 테니 일단은 좋게 여기자.

그리고 이 세계에서 내가 나아가야 할 길을 제시해 주었다. 이러니저러니 해도 구명단 생활도 나쁘지 않고 말이야.

다음은 성 쪽을 돌까? 이 시간대라면 카즈키와 선배도 있을 테고. 오랜만에 두 사람의 얼굴이 보고 싶다.

하지만 역시 성 안에 블루링을 데려가면 안 되려나?

***

새끼 블루 그리즐리를 짊어진 소년이 달려가는 광경을 보며 나는 생각에 잠겼다.

"단장님과 똑같은 타입의 치유마법사가 저런 소년이었다니……."

나처럼 한쪽으로 치우친 타입이 아니라 균형 잡힌 치유마법사. 실제로 내게 건 치유마법도 흠잡을 데 없었다.

아직 20대인데 살짝 감회에 빠지게 되었다.

나무 상자에 앉은 채 하늘을 올려다보았다.

"마침내 찾았군요, 로즈 씨……. 다음 전장은 당신 혼자만이 아니에요."

"오빠―!"

동생이 온 모양이다.

아무리 걱정된다고는 하지만 그렇게 필사적인 얼굴 할 필요는 없는데. 정말이지 어쩔 수 없는 동생이다.

"오빠! 혼자 밖에 나가다니, 죽을 셈이야?!"

"나는 그렇게까지 허약하지 않아!"

"어? 그치만…… 오빠잖아."

너무한 말 아니니?

아니, 그런 것보다 오늘의 새로운 만남을 귀여운 동생에게 이야기해야지.

"그보다 오늘은 재밌는 애를 만났어."

"응?"

"너도 나중에 한번 만나 봐."

재미있는 아이다. 분명 너도 친해질 수 있을 거야.

***

올가 씨와 헤어진 나는 로즈가 말한 대로 성 주변을 달리기 위해 성으로 향했다.

그러고 보니 성 주변은 어디를 가리키는 걸까?

그런 생각을 하며 성벽을 따라 달리다 보니 성 입구에 도착했다.

역시 크다. 로즈에게 납치당했을 때에는 찬찬히 볼 여유 따위 없었지만 역시 중후했다.

문의 박력에 압도되며 수위가 있는 곳까지 걸어갔다.

수위는 나를 보고 경계하는 표정을 지었으나 내 복장을 본 순간 안색을 바꾸고서 경계를 풀었다.

"구명단의 우사토 님이십니까!"

"그런데요……?"

뭔가 씩씩한 사람이네.

"오늘은 어떤 용건으로……?"

"성벽 안으로 들어가고 싶은데…… 이 애가 들어가도 괜찮나요?"

안 될 거라고 생각하며 물어보았다.

"새끼 블루 그리즐리지요? 로즈 님께서 이미 허가를 받으셨기에 문제없을 겁니다."

"예?! 성 부지에 몬스터를 들여도 되는 건가요?!"

"로즈 님께서 안전을 보증하셨으므로 문제없다고 생각됩니다!"

아무래도 로즈가 보고서를 내면서 블루링이 성에 들어갈 수 있게 허가를 받은 모양이었다. 내가 성에 블루링을 데려갈 거라고 예상했을지도 모른다.

그건 그렇고 무척 신용받고 있었다. 대체 로즈는 어떤 존재일까? 구명단 단장이라는 점 말고 나는 아무것도 모르니 말이지…….

"그럼 들어가도 될까요?"

"물론 상관없습니다!"

블루링을 짊어지고, 열린 문을 통해 성 부지로 들어갔다.

만약 블루링이 성 사람을 덮치기라도 한다면 내가 말려야겠지.

"날뛰면 안 된다?"

"크웅."

"넌 태평하구나."

완전히 내 등에서 편히 쉬고 있는 블루링. 이 모습을 보면 걱정할 필요는 없겠다.

성 안에는 들어가지 않고 잔달음질로 부지 안을 뛰었다. 목적지는 성의 훈련장. 가 본 적은 없으나 훈련장의 특징은 카즈키와 선배에게 들어서 대충 알고 있었다.

"커다란 광장이라고 했으니까……."

내가 생각하기에도 참 대략적인 단서로 찾는구나 싶지만, 공교롭게도 이 정도 실마리밖에 없기에 어쩔 수 없었다.

성 주위를 일주하면 발견하겠지. 그렇게 생각하며 달리고 있으니 전방에 커다란 광장이 보였다.

"……오!"

훈련장에서는 많은 기사들이 목검을 들고 훈련 중이었다. 마왕군과의 싸움이 가깝기 때문인지 그 모습에서 대단한 기세가 느껴졌다.

훈련장 전체를 둘러보자 가장자리 쪽에 흑발 소녀 한 명이 서 있는 것이 보였다.

이누카미 선배다!

그녀의 모습을 분명하게 확인한 나는 크게 숨을 들이마시고 그녀를 불렀다.

"이누카미 선배~!"

***

나는 현재 필살기를 개발 중이다.

반드시 죽이는 기술이라고 써서 필살기. 마법 훈련은 대강 끝났기에 기술 쪽을 연마하고 싶어서 내린 판단이었다.

하지만 필살기라고 해도 그냥 단순히 번개를 쏘기만 해서야 난센스다. 그래서는 평소와 똑같았다.

그런 쪽은 남자가 자세히 안다고 하지만 카즈키 군에게는 기대할 수 없었다. 그 애는 그런 데 무심하니 말이지.

"이누카미 선배~!"

"응?"

오랜만에 듣는 목소리에 돌아보니 우사토 군이 이쪽으로 달려오고 있었다.

하지만 그를 본 나는 돌처럼 굳어 버렸다.

그도 그럴 것이 우사토 군의 등에는 파란 곰이 상당히 편안한 모습으로 업혀 있었다.

"우사토 군, 그 등에 있는 곰은…… 뭐야?"

"아! 이 녀석은 블루 그리즐리라는 몬스터의 새끼에요. 얌전해서 사람을 공격하진 않아요."

그렇게 말하며 곰을 땅에 내린 우사토 군은 웅크려 앉아 곰의 머리를 쓰다듬었다.

몬스터? 왜 우사토 군이 새끼 몬스터와 함께 있는 걸까…….

"실은 저, 몬스터가 잔뜩 있는 숲에서 열흘 정도 서바이벌 생활을 했거든요. 거기서 이런저런 일이 있었고 이 애가 저를 따라오게 됐어요."

"그, 그랬구나……. 그래서 구명단 숙소에 가도 네 모습이 안 보였던 건가."

그보다 그가 왜 여기 왔는지 궁금했다.

"오늘은 날 만나러 와 준 거야?"

"전에 카즈키랑 선배가 절 보러 왔으니까 오늘은 제가 훈련하는 김에 들렀어요. ……어라? 카즈키는 없어요?"

장난을 겸해 던진 질문은 가볍게 넘겨져 버렸다.

"카즈키 군은 몬스터와의 전투 경험을 쌓기 위해 오늘 새벽에 왕국 밖으로 나갔어. 우사토 군이랑 엇갈린 게 아닐까?"

"아~ 그런가요……. 그럼 선배는요?"

"아무리 그래도 왕국 밖으로 용사 두 사람을 다 내보낼 수는 없으니까. 카즈키 군은 걱정 안 해도 돼. 시구르스도 같이 갔으니까. 카즈키 군이 없어서 세리아는 아침부터 울적하지만 말이야."

"하하하, 그건 큰일이네요. 하지만 다행이에요. 동반자가 있다면 걱정할 필요 없겠네요."

내 설명을 듣고 우사토 군은 안도의 한숨을 쉬었다.

친구를 소중히 여기는구나.

하지만 역시 신경 쓰이는 건—.

"크릉~."

"응? 벌써 졸려? 블루링, 넌 거의 움직이지 않았으니까 전혀 피곤하지 않잖아."

이 곰이다.

야생 곰은 처음 봤는데 의외로 사랑스러웠다. 어릴 때 봤던 판다가 떠올랐다.

곰이라고 하면 사나운 이미지였지만, 내 눈앞에서 졸린 눈을 비비며 누워 있는 곰은 도저히 공포의 대상으로 보이지 않았다.

아니, 단언한다. 귀여웠다.

요컨대 하고 싶은 말이 뭐냐면—.

"우사토 군, 만져 봐도 될까?!"

"우왓?! 난데없이 소리치지 말아 주세요……. 깜짝 놀랐네."

"미, 미안."

나도 모르게 흥분해 버렸다.

안 되지, 안 돼. 자제하자.

"만져도 돼요. 물리면 제가 고칠 테니까요."

"너도 꽤 무서운 소리를 하는구나……."

내 손이 곰의 머리로 다가간 순간, 곰이 탁 하고 쳐 냈다.

"아……."

이 허무감은 뭐지.

기다리고 기다리던 순간이 전부 부서져 버린 듯한 감각이었다.

거절된 손을 멍하니 보고 있는 내게 우사토 군이 미안해하며 말했다.

"서, 선배, 이 녀석 낯을 가리거든요! 낙심하지 마세요!"

"낙심하지 않았어! 희미한 발바닥 감촉에 흥분했을 뿐이야!"

"그렇게 자신만만하게 말해도……. 이름을 불러 주면 이 녀석도 경계심이 풀려서 만지게 해줄 거예요."

"그럼 이 아이의 이름을 알려 줘."

"블루링이에요."

블루……링?

꽤 좋은 이름이잖아. 센스 있다.

확실히 친해지려면 먼저 이름을 불러서 경계심을 늦춰야겠지. 나는 손을 앞으로 내밀며 전에 없이 밝은 목소리로 블루링의 이름을 불렀다.

"자, 블루링!"

"와구."

내 손을 덥석 무는 블루링. 장난삼아 문 건지 피는 나지 않았지만, 해방된 손에 침이 잔뜩 묻었다.

우사토 군, 이게 블루링이 쑥스러움을 감추는 방법인 거야? 살짝 흥분했어.

내가 히로인이라면 동물에게 사랑받는 설정일 텐데……. 왜지?

"어쩌면 선배의 마음이 더럽기 때문일지도 몰라요."

"우우, 그럼 우사토 군이 만져 봐."

"좋아요. 크크크, 저와 블루링의 유대를 보여드리죠. 그치? 블루링."

"와구."

블루링이 깨문 것을 보면 우사토 군의 마음도 더러운 모양이다.

하지만 블루링에게 물렸으면서도 우사토 군은 웃는 얼굴이었다. 물린 손에서 약간 피가 나는 것 같지만 신경 쓰지 말자.

이것도 분명 우사토 군의 사랑이다.

블루링의 입에서 손을 뺀 우사토 군은 태연한 얼굴로 나를 보았다. 아프지 않은 걸까?

"그러고 보니 선배, 여기서 뭐 하고 있었어요?"

"갑작스럽네. 그게…… 여기선……."

"훈련인가요?"

어쩌지? 필살기를 생각하고 있었다고는 입이 찢어져도 말할 수 없어.

우사토 군은 착실하게 훈련하고 있는데, 내가 그런 일로 고민하고 있었다는 것이 알려지면 선배로서 체면이 말이 아니게 된다.

"마, 마법을 훈련하고 있었어."

"그렇군요. 선배라면 필살기라든가 주문 같은 걸 생각하고 있을 줄 알았어요."

너는 초능력자인가?!

하지만 이건 좋은 기회였다. 은근슬쩍 기술의 힌트를 물어보자.

우사토 군에게 질문하니 의아한 표정으로 나를 보았지만, 이내 성실하게 내 질문에 대답해 주었다.

10분쯤 대화하자 우사토 군이 뭔가 생각난 것처럼 일어나 블루링에게 다가갔다.

"그럼 슬슬 가볼게요."

"엇, 벌써 가는 거야?"

"훈련이 있어서요. 또 올게요. 블루링, 그만 자고 일어나. 정말이지, 어쩔 수 없네."

우사토 군은 블루링을 들어 올려서 짊어졌다. 아직 새끼지만 저 거구를 거뜬히 들다니…… 그도 성장했다는 거겠지.

우사토 군이 가 버리는 것이 살짝 아쉽지만, 또 이쪽에서 찾아가면 되니까.

"힘내, 우사토 군."

"네. 선배도 좋은 필살기가 생각나도록 힘내세요."

"뭐?!"

"그럼~."

되받아치기도 전에 우사토 군은 훈련장 밖으로 달려갔다.

정말이지, 한 방 먹었네. 몇 번이고 똑같은 질문을 하면 역시 눈치채나…….

"그럼 나도 좀 더 힘낼까!"

그나저나 우사토 군은 내게 점점 거리낌 없어지고 있다는 걸 알고 있을까.

뭐, 상관없나. 기분 나쁘지는 않으니까 말이야.

제5화 우사토, 다시 숲으로!

“어이, 일어나.”

“으악?!”

이누카미 선배를 만나고 며칠 후. 아침 훈련 전에 누군가가 나를 때려서 깨웠다. 아니, 이 경우에는 때려서 깨웠다기보다 차서 떨어뜨렸다는 표현이 올바를 것이다.

침대에서 낙하한 충격에 신음하며 단잠을 방해한 습격자에게 눈을 돌리니, 그곳에는 팔짱을 끼고 언짢은 눈으로 나를 내려다보는 로즈가 있었다.

우는 아이도 때리는 우리 구명단의 단장님이었다.

“무, 무슨 일인가요……. 아직 바깥도 어두운데…….”

“옷부터 갈아입어. 사정은 그다음에 말하겠다.”

그녀는 그렇게 내뱉고 즉각 방에서 나가 버렸다. 폭풍 같은 사람이야.

나는 아직 멍한 머리로 옷을 갈아입었다.

“어이쿠, 얼른 가야지.”

훈련복을 입은 후, 방을 나가 숙소 출입구 쪽으로 향했다.

내 모습을 확인한 로즈는 이쪽으로 사격형 물체를 던졌다.

이건 배낭? 지난번보다는 조금 작지만…….

어, 어라~? 왠지 오한이 느껴지는데 기분 탓일까……?

“들어.”

“예? 상황이 이해가 안 되는데요…….”

“아까 로이드 님이 기별을 보냈다. 너는 용사의 훈련에 동행하도록.”

뭐……?

“그 뚱한 얼굴은 뭐야?”

“용사라는 건…… 이누카미 선배랑 카즈키를 말하는 거죠?”

“용사 카즈키는 너랑 엇갈리는 형태로 이미 왕국 밖에서 훈련을 끝냈다. 네가 동행하는 건 용사 스즈네 쪽이야.”

선배와 왕국 밖에서 훈련?! 왜 내가……. 카즈키 때는 시구르스 씨 일행이 같이 갔을 텐데. 그 사람들에게 맡기면 되잖아?

내 의문을 헤아렸는지 로즈는 탄식하며 이마를 짚었다.

“네가 숲에서 돌아오고 곧장 용사 카즈키의 훈련에 동행해 달라는 기별이 왔지만…… 그 실패작이랑 싸워서 정신적으로 지친 너를 보내는 건 역시 무리라고 생각하여 거절했었다. 그리고 어제 용사 카즈키가 돌아왔고 이번에는 용사 스즈네 차례인 거지. 물론 이것도 처음엔 거절했지만, 로이드 님이 몇 번이고 부탁하니 거절할 수가 있어야지.”

뭐, 숲에서 돌아온 직후의 나는 걸림돌이 됐을 게 뻔하니까. 로즈의 배려에 감사해야겠네.

“하지만 왜 저를……?”

“유사시에 대비한 회복역이다. 보통은 필요 없지만.”

성과 이곳, 서로 떨어져 있는 우리를 신경 써 준 걸까?

즉, 이건 내게 처음으로 맡겨진 일이라는 거구나. 그것이 이누카미 선배와의 동행이라면 더더욱 기합을 넣어야겠지.

“그럼 문으로 간다.”

“네, 알겠어요. 아, 블루링은…….”

“데려가도 상관없어.”

“그럼 바로 블루링을 깨워서 올게요.”

블루링을 데리러 마구간에 갔다.

블루링에게도 밖에 나갈 좋은 기회였다. 아무리 넓다고는 하지만 훈련소 주변 광장으로는 성에 차지 않을 테니까.

블루링이 자고 있는 마구간으로 이동하여, 짚 위에서 둥글게 몸을 말고 자는 블루링을 흔들어 깨웠다.

“어이! 일어나, 블루링.”

“크웅~.”

“이, 이 녀석, 안 일어나잖아……. 늦으면 단장한테 혼날 텐데……. 에라, 모르겠다. 일어나면 직접 걸어!”

배낭을 등이 아니라 앞쪽으로 메고 블루링을 업었다. 이 녀석, 기분 좋게 자고 말이야. 내 등이 무슨 특등석이냐. 나는 뺑 차여서 일어났다고.

약간 기분이 나빠진 나는 일어나지 않는 블루링에게 투덜거리며, 기가 막히다는 표정을 지은 로즈와 함께 왕국 밖으로 나가는 문으로 향했다.

이른 아침이라 아직 인적 없는 성 아랫마을을 지난 나와 로즈는 왕국 밖으로 이어지는 문 앞에 도착했다.

그곳에는 이누카미 선배와 그녀 곁에 선 호위 두 사람의 모습이 보였다.

"어라? 우사토 군이잖아. 배웅하러 와 준 거야?"

"안녕하십니까, 우사토 님!"

"이분이……."

이누카미 선배 외에, 지난번 성 앞에서 만났던 쓸데없이 씩씩한 수위와 검은색 로브를 입은 처음 보는 사람이 있었다.

씩씩한 인상의 수위는 처음 봤을 때 쓰고 있었던 투구를 벗고 빨간 머리와 상쾌한 얼굴을 내비치고 있었다.

다른 한 사람은— 차림을 보니 웰시 씨와 마찬가지로 왕국 마법사려나?

"설마 마지막으로 따라온다는 사람이……."

"아마 저일 거예요."

마지막이라는 건 훈련 멤버가 나를 포함해 네 명과 한 마리구나.

그 면면을 둘러본 로즈는 우리에게 주던 시선을 문지기, 분명…… 토마스 씨에게 돌리고서 사납게 노려보며 문을 열라고 재촉했다.

당연히 토마스 씨는 무서워하면서도 문을 열었다.

그저 미안하다는 기분을 느끼고 있으니 무슨 생각이 들었는지 로즈가 이번에는 선배에게 다가갔다.

로즈가 곁에 오자 이누카미 선배는 살짝 곤혹스러워하는 표정을 보였다.

"용사 스즈네. 이번에 동행시키는 우사토의 치유마법이 있다면 어느 정도 무리도 가능해. 물론 전투 쪽도 문제없을 정도로는 만들었지만, 너무 과신하지는 말도록."

"아, 예. 이건 제 훈련이니 되도록 그에게는 의지하지 않을 생각이에요."

"그럼 얘기가 빠르지. 치유마법은 유용하지만 만능이진 않아. 독도, 상처도 고칠 수 있으나 죽으면 거기서 끝이야. 다시 한 번 말하겠어. 치유마법을 과신하지 마."

"예. 알겠어요……."

대답한 선배의 목소리는 조금 떨리고 있었다.

로즈는 선배에게 너무 무모한 짓은 하지 말라고 말하고 싶었던 걸까?

내가 보기에 이누카미 선배는 살짝 위기감이 부족하니 말이지. 이 세계를 즐기고 있기도 하지만, 위험한 부분을 아직 접하지 못했기 때문이기도 할 것이다.

"뭐, 시구르스 밑에서 훈련했다면 웬만해선 괜찮겠지."

굳어서 움직이지 않는 선배에게 그렇게 말한 로즈는 이번엔 내 쪽을 보았다.

그녀는 몇 초쯤 나를 보며 고민하다가 할 말이 없었는지 내 등을 가볍게 두드리며 앞으로 걷게 했다.

"너한테는 아무것도 말할 필요 없겠지. 가라."

"에이……."

"뭔가 말해 줬으면 좋겠어?"

……역시 됐습니다.

분명 졸라도 욕밖에 안 나올 테니까!

포기하고 어깨를 떨군 나를 본 로즈는 껄껄 웃으며 떠나갔다. 그녀의 모습이 보이지 않게 되자 긴장이 풀렸는지 이누카미 선배가 크게 숨을 토했다.

"나답지 않게 긴장해 버렸어……."

여전히 떨리는 목소리로 그렇게 중얼거린 이누카미 선배의 말에 나는 쓴웃음을 지었다.

"저건 약과예요. 평소 단장이라면 충고 같은 건 안 해주는데 말이죠."

"너희 선생님은 강하구나."

"……?"

약간 얼굴이 파래진 선배가 꺼낸 말뜻을 이해할 수 없어서 고개를 갸우뚱했다.

의미를 물어봐도 대답해 줄 것 같지 않았기에, 나는 떨떠름한 기분으로 문을 지나 왕국 밖으로 나갔다.

***

“카즈키는 어땠어요?”

“그 애도 꽤 힘들었던 것 같아. 익숙하지 않은 실전 형식이니까. 피로도 상당히 쌓였는지 어제부터 계속 자고 있어.”

“괜찮으려나…….”

링글 왕국에서 밖으로 나온 우리 네 사람과 곰 한 마리는 가볍게 잡담하며 평평한 길을 거닐었다. 로즈와 함께 지났던 길이었다. 이 주변은 몬스터가 비교적 적은 모양이라 어지간하면 습격받지 않는다고 했다. 실제로 전에 이곳을 지났을 때 습격받지 않았다.

호위 두 사람은 앞에서 걸으며 몬스터의 습격에 언제든 대응할 수 있도록 경계 중이었다. 역시 이누카미 선배의 호위를 맡은 사람들이구나. 뛰어난 집중력이다. 무식하게 밀어붙이는 것밖에 못 하는 나 따위는 가볍게 상대할 만한 실력이겠지.

“……블루링은 안 일어나는 거야?”

“예?”

“블루링은 안 일어나는 거냐고 물었어. 안 일어났으면, 그, 만져…… 쓰다듬어도 될까?”

이 선배는 느닷없이 무슨 소리를 하는 거야.

손을 꼼지락꼼지락 움직이며, 기분 탓인지 숨이 거칠어진 선배를 차가운 눈으로 보았다.

당신 얼마나 블루링을 만지고 싶은 거야. 왕국을 갓 나왔을 때처럼 좀 더 기분을 가라앉혀 주세요.

"일어나진 않았지만……."

내가 그렇게 말한 순간, 눈에도 잡히지 않는 속도로 선배는 블루링의 머리를 향해 손을 뻗었다.

갑작스러운 습격에 나는 반사적으로 그 손을 쳐 냈다.

선배는 자신의 손을 잡고 믿을 수 없다는 표정을 지었다.

몇 초 사이에 벌어진 일이었다.

"어째서!"

"아니, 그건 제가 할 말이에요. 느닷없이 뭐 하는 거예요? 반사적으로 쳐 냈잖아요."

"여자의 손을 때리고서 그 태도라니…… 너, 눈떴구나."

뭐에 말입니까.

끄으응, 하고 분한 얼굴로 나를 노려보는 이누카미 선배의 시선을 무시하고 있으니, 내 등에서 자던 블루링이 크게 하품하며 깨어났다.

앞서 걷는 호위 두 사람을 불러 세우고 블루링을 땅에 내렸다.

"제대로 걸어야 한다?"

"크웅~."

사족 보행으로 비틀비틀 걷는 블루링을 보자 나도 모르게 한숨이 나왔다.

일단 내버려 두면 제대로 걷게 되겠지. 호위 두 사람에게 괜찮다고 전하여 다시 앞으로 가게 했다.

하지만—.

"블루링! 내가…… 내가 널 업어 줄게! 자자! 컴온!"

아니아니, 역시 그건…… 아, 위험해위험해위험해! 잠이 덜 깬 블루링은 나라고 착각해서 이누카미 선배의 등에— 아…….

"크훙~."

"끄엑—."

"서, 선배?!"

지금, 꽃다운 여고생에게 어울리지 않는 목소리가 들린 것 같지만 나는 잊어버리기로 했다. 그보다 블루링에게 압살되려고 하는 이누카미 선배를 빨리 구해 내야 해.

황급히 블루링을 치우고 선배를 구출했다.

"이야~ 미안해, 우사토 군. 찬스라고 생각했어."

"뭐가 찬스인지 모르겠지만, 싸우지도 않았는데 다치지 말아 주세요……."

선배는 생각보다 튼튼했다. 하지만 뼈나 내장 등 보이지 않는 곳에 대미지를 입었을지도 몰라서 일단 치유마법을 걸며 길을 나아갔다.

"괜찮습니까? 스즈네 님……."

"괜찮아. 우사토 군도 있으니까. 와~ 굉장한데? 몸이 가벼워졌어."

"하아……."

선배의 어깨에 손을 올리고서 치유마법을 걸고 있지만, 딱히 흑심은 조금도 없었다.

오히려 어이없다는 마음이 강했다.

이세계는 사람을 바꿔 버리는 걸까?

이누카미 선배도 괜찮아 보였기에 어깨에서 손을 뗐다.

……그러고 보니 어디로 가는지 안 물어봤네.

"실례합니다."

"예, 왜 그러십니까?"

앞서 걷는 빨간 머리 수위에게 말을 걸었다.

"저희 지금 어디 가는 건가요?"

"몬스터가 많이 생식하는 평원 부근으로 가고 있습니다. 그곳은 『맹수의 지하굴』이라고 불리는 숲 근처라서 몬스터도 많습니다!"

로즈가 날 던졌던 숲에서 몬스터가 나오는 건가.

숲에 있었을 때는 거의 도망치거나 숨었기에 그다지 많은 몬스터와 만나지는 않았지만…….

"얼마나 걸리나요?"

"글쎄요…… 점심 무렵에는 도착할 것 같습니다."

로즈 때와는 달리 네 명과 한 마리가 함께 행동하고 있으니 발걸음이 느려지는 건 당연한가?

숲에서 돌아온 지 아직 며칠밖에 안 지났는데 살짝 그리운 기분이 드네…….

특히 블루링은—.

"크웅?"

아니, 말하지 않겠어.

이 녀석도 생각하는 바가 있어서 날 따라온 거겠지.

블루링을 보고 있자 갑자기 이누카미 선배가 내 어깨를 두드렸다.

"역시 블루링을 만지고 싶—."

"적당히 좀 포기하세요."

정말 지치지도 않나 보네…….

다음에 찌부러져도 안 도와줄 거예요.

왕국을 나오고 몇 시간이 지났다.

숲 근처까지 왔을 때, 호위 두 사람이 발을 멈췄다.

"……전방에 다수의 반응."

"몬스터인가?!"

호위 마법사가 전방에서 오는 「무언가」를 인식하자 수위가 허리에 찬 검에 손을 올렸다.

그러자 모래 먼지와 함께 많은 「무언가」가 다가왔다.

그 모습을 보고 나는 말문이 막혔다.

"도적입니다! 두 분 모두 물러나 계세요!"

"우사토 군……."

"이게 어떻게 된 거야……."

이누카미 선배의 첫 실전 상대는 몬스터가 아니라 설마했던 인간이었다.

그들의 손에는 이 빠진 서양검이나 단검이 들려 있었고, 수는 열다섯 명이었다. 그 집단이 전방 10미터쯤 거리에서 길을 가로막았다.

수위는 검을 들었고 마법사는 손을 앞으로 뻗었다. 긴장하기는 했지만 이누카미 선배도 허리에 찬 검에 손을 올렸다.

히죽히죽 경박하게 웃는 도적들을 보면서도 나는 침착한 상태였다.

"헤헤헤, 이런 곳에서 사냥감을 발견하다니, 우리도 운이 좋군! 안 그러냐? 형제들아!"

"""맞습니다! 두목!"""

리더로 여겨지는 탄탄한 체형의 스킨헤드 남자가 부하들에게 그렇게 외쳤다.

왜일까, 전혀 안 무서워. 이 녀석들에게는 무언가가 부족해.

"흐헤헤헤헤, 너희들! 다치기 싫으면 돈 되는 걸 내놔!"

"누가 줄 것 같아?!"

수위가 외치자 도적들은 「으하하하!」 하고 천박하게 웃었다.

"괜찮겠어? 이 수를 이길 수 있겠냐고. 그렇게 생각한다면 아주 가소로워!"

옆에 있는 이누카미 선배가 내 옷자락을 천천히 잡아당겼다.

역시 이누카미 선배도 여자구나. 느닷없이 상스럽게 웃는 남자들이 눈앞에 나타나면 무섭기도 하겠지. 불안해하지 않도록 말을 걸려고 했지만—.

"우사토 군, 우사토 군, 저거 봐! 진짜 도적이야!"

"선배, 진짜 대박이네요."

역시 이누카미 선배는 이누카미 선배였다. 선배를 평범한 여자라고 생각한 내가 바보였다. 그렇지, 당신은 이 세계에 와서 줄곧 그런 느낌이었어.

검을 든 수위와 언쟁을 벌이던 스킨헤드 남자는 나와 이누카미 선배 쪽을 보고 입꼬리를 히죽 올렸다.

"크크큭…… 뒤에 있는 녀석들도 좋은 걸 가지고 있는 것 같은데? 더더욱 그냥 보내 줄 수 없게 됐어."

"이 악당, 두 사람에게 손끝 하나 못 댈 거다!"

"악당? 하! 그건 우리한테 칭찬이야! 응? 몬스터가 있네……?"

스킨헤드 남자의 시야에 블루링이 잡힌 모양이다. 몇 초 후, 얼굴이 새파래지기 시작했다.

"브, 블루 그리즐리잖아! 대체 뭘 데리고 있는 거야!"

"블루링, 너 아직 새끼지만 실은 굉장해?"

"카홍!"

「물론이지!」라고 말하듯 콧김을 내뿜는 블루링.

평소 생활 습관을 개선하고서 그 태도를 보였으면 했어.

블루링을 보던 눈길을 도적 쪽으로 돌리자 자기 부하들에게 위로받고 있는 스킨헤드 남자의 모습이 시야에 들어왔다.

"두목! 저 녀석은 아직 새낍니다! 우리끼리도 잡을 수 있어요!"

"맞습니다!"

"너희들…… 그렇지! 가까스로 평원 지대를 넘어온 우리에게 무서운 것 따위 없어! 가자, 얘들아!"

부하에게 위로받는 두목에게 위엄이 있는 걸까? 그보다 이 도적들은 평원 지대를 넘어왔기에 장비랑 옷이 전부 너덜너덜한 건가?

녀석들이 얼마나 강한지 알 수 없지만, 위험한 곳을 넘어왔다면 방심해도 될 상대는 아닐지도 모른다.

도적들이 무기를 들고 공격해 오자 호위 두 사람이 요격 태세에 들어갔다.

솔직히 말해서 나는 싸우지 못했다. 검술이나 무술 경험도 없고, 대인전을 상정한 훈련도 하지 않았기에 잘 처신할 수 있을지 알 수 없었다.

할 수 있는 일이라고는 인질이 되지 않도록 도망치는 것뿐. 달리기라면 이 자리에 있는 누구에게도 지지 않을 자신이 있었다.

치유마법을 발동시킴과 동시에 발에 힘을 주고 뒤로 물러나려던 순간—.

"에잇!"

그런 목소리와 함께 옆에서 쏘아진 번갯불이 호위 두 사람 사이를 지나 도적 한 명을 직격했다.

"끼에에엑?!"

전격 마법에 맞은 도적은 그 자리에서 움찔 경련하더니 땅에 쓰러져 버렸다.

멍해져 버린 나와 도적들의 시선은 손가락을 조총처럼 겨눈 선배에게 향했다.

수위는 이쪽을 돌아보고서, 늠름하게 웃는 그녀를 칭찬했다.

"역시 굉장하십니다, 스즈네 님! 헤헤, 이거 저희가 나설 차례는 없을 것 같군요!"

선배가 번개를 쏴서 기절시킨 건가?

"주, 죽이진 않았죠? 선배."

"무, 물론이야. ……아마도."

왜 거기서 우물거리는 겁니까. 무섭습니다만?

선배의 일격을 눈앞에서 목격한 도적들은 겁을 먹고 발을 멈췄다. 동료 한 명이 조심스레 생사를 확인했다.

정당방위라고는 하지만 죽이는 건 좀……. 늦지 않았다면 내가 치유마법으로…….

"사, 살아 있어……."

기절하는 정도의 위력이었던 모양이다. 안도하는 선배의 목소리가 들렸다.

하지만 이건 좋은 견제였다. 이렇게 계속 선배가 전격 마법을 쏘면 간단히 도적을 정리할 수 있을 것이다.

"선배, 최악의 경우에는 제가 고칠 테니까 마음껏 날뛰어 주세요."

"우사토 군은 꽤 위험한 성격이구나……."

무슨 소리…… 선배가 마음 편히 도적을 격퇴할 수 있게 지원하려는 건데.

"무, 무서워할 것 없다! 마법은 가까이에선 못 쏴! 단숨에 밀어붙이면 문제없어!"

"가라! 이누카미 선배, 쓸어 버려!"

"그런 식으로 말하지 말아 줄래?!"

이누카미 선배는 그렇게 말하면서도 손끝에서 연속으로 전격 마법을 쐈다.

한 명, 또 한 명, 도적들이 지면으로 쓰러져 갔다.

전격 마법으로 도적들을 기절시키는 지금의 이누카미 선배는 그야말로—.

"인간 스턴건이네요. 아니지, 인간 전기뱀장어라고 해야 할지도."

"그 말 또 하면 아무리 나라도 화낼 거야."

부하들이 땅에 쓰러지는 광경을 본 스킨헤드 남자는 이누카미 선배를 척 가리키더니 그 거구에 걸맞은 큰 목소리로 외쳤다.

"마법을 쓰는 건 치사하잖아!"

그렇게 말해도 오히려 곤란하다.

그나저나 이 녀석들은 얼굴만 우락부락하구나. 로즈나 험악한 단원들 같은 사악함이 부족하니까 전혀 무섭지 않아.

남은 도적들도 이누카미 선배한테 맡기면 안전하게 끝날 것 같고— 응?

"또 뭔가가 와……. 이건!"

마법사가 또 무언가를 감지한 모양이었다.

내 눈앞에는 아무것도 보이지 않지만 확실히 수많은 발소리가 들려왔다. 평범한 발소리가 아니었다. 쿠웅, 쿠웅 하고 뛰어오르는 발소리였다.

"……온다!"

"아아?! 이제 와서 항복해 봤자 소용없크헉?!"

전방에서 당황한 표정을 짓고 있던 스킨헤드 남자가 오른쪽에서 튀어나온 빨간 멧돼지에 치였다.

"""두목—?!"""

"우사토 님, 스즈네 님! 폴보어 무리입니다! 피하십시오!"

"왜 여기에……. 저 녀석들의 서식지는 좀 더 안쪽일 텐데……!"

뒷발이 비정상적으로 발달한 빨간 마물, 폴보어가 돌격해 왔다.

호위 두 사람은 능숙하게 피한 것 같지만, 수풀에서 튀어나온 세 마리가 나랑 이누카미 선배가 있는 곳으로 달려왔다.

폴보어를 응시한 나는 근처에 있는 블루링에게 대처를 촉구하기 위해 이름을 외쳤다.

"블루링!"

"크오오오오오오오오오오!"

내가 외침과 동시에 블루링은 뒷발로 일어나 양팔을 크게 벌리고 폴보어를 위협했다. 그러나 기세가 붙은 폴보어는 멈추지 않았다. 한 마리는 블루링이 몸으로 막았지만 두 마리가 이누카미 선배와 나를 노리고 돌격해 왔다.

나는 문제없었다. 튼튼하다는 것은 자각하고 있었다. 하지만 선배는 달랐다. 내가 지켜야 해— 그렇게 생각하고 이누카미 선배를 감싸려 했지만, 어느새 이누카미 선배는 내 앞으로 이동해 손을 들고 강렬한 전격을 쏘려 하고 있었다.

"우사토 군, 물러나!"

"이누카미 선배?!"

그녀의 손바닥에서 뿜어져 나온 전격은 폴보어 한 마리에게 명중

했으나 다른 한 마리는 피해 버렸다.

"이런!"

폴보어의 특징은 강력한 점프력을 가능케 하는 강인한 뒷발이었다.

힘을 가득 담은 그 뒷발에서 나오는 돌진은 적을 하늘 높이 쳐올리고 떨어뜨렸다. 최악이게도 멧돼지는 이누카미 선배만을 보고 있었다. 본능적인 공포심으로 나보다도 그녀가 더 위험하다고 판단한 건가…….

"큭!"

나는 순간적으로 이누카미 선배의 어깨를 잡고 선배의 방패가 되도록 위치를 바꿨다.

잠시 후 내 등에 강렬한 충격이 가해졌고, 내 몸은 이누카미 선배와 함께 위로 솟구쳤다.

"커헉……!"

운 좋게 돌진이 배낭에 직격했다. 그럼에도 몸이 산산조각 날 듯한 통증을 삼키며 즉각 치유마법을 걸어서 끊어지려던 의식을 붙잡았다.

이누카미 선배는…… 기절했어?!

"선배……!"

낙하하는 이누카미 선배를 안아 머리를 보호하며 땅에 떨어졌다.

쌓여 있던 나뭇잎이 쿠션 역할을 하여 충격을 흡수했지만 떨어진 장소는 운 나쁘게도 급경사면이었다.

그대로 경사면을 데굴데굴 굴렀다. 기세가 너무 강해서 멈출 수 없었다. 배낭도 끈이 떨어져 날아가 버리면서 지면에 몸이 부딪혔다.

"으아아아아아아아아아아악!"

온몸이 부딪혔고, 시야가 암전되어 허공으로 날려지더니 그대로 강에 빠졌다.

이누카미 선배를 안고서 물가로 올라가려 허우적거렸지만 물살이 너무 세서 제대로 움직일 수 없었다.

어쩌지도 못하고 흘러가는 대로 몸을 맡기고 있다가 주위 경치가 낯익은 모습으로 바뀌었음을 깨달았다.

로즈가 나를 숲에 내던졌던 날, 그랜드 그리즐리에게서 도망치기 위해 뛰어들었던 강이었다.

즉, 이 앞에는—.

"폭포가 있었던 것 같은데……."

가능하면 착각이길 바랐지만, 멀지 않은 곳에서 들려오는 물소리가 최악의 상황이 진실임을 말하고 있었다.

하지만 폭포를 지나면 물가로 올라갈 수 있을 정도로 물살이 약해질 터였다.

"각오할 수밖에 없어……."

이누카미 선배를 안은 손에 힘을 주며 나는 숨을 크게 들이마셨다.

***

"……군! 우사토 군!"

몽롱한 의식 가운데 목소리가 들렸다.

몸에 힘이 들어가지 않았고, 사지가 납처럼 무거웠다. 젖은 옷이 피부에 달라붙는 감촉이 기분 나빴다. 내 이름을 부르는 목소리와 함께 쏴아아 하는 세찬 물소리가 들렸다.

"우사토 군…… 지금 당장 안전한 곳으로 옮길 테니까, 그때까지……!"

맞아. 강에 내던져진 후, 어떻게든 폭포를 통과한 나는 마지막 힘을 짜내 그녀를 가까운 물가로 옮겼고 거기서 기절해 버렸었지…….

완전히 정신이 각성했다. 우선 치유마법으로 몸의 피로를 풀며, 어깨에 둘린 선배의 팔을 치우려고 힘을 주었다.

"넌 내가 지키겠어. 나, 이누카미 스즈네는 받은 은혜는 반드시 갚는 여자야……!"

"이누카미 선배, 이제 괜찮아요……. 그보다 창피해요."

"……이, 일어나는 거 빠르지 않아?"

선명해진 시야에 비친 그녀는 새빨개진 얼굴로 내게서 떨어졌다.

조금 전의 뜨거운 대사를 내가 들은 것이 부끄러운지 얼굴을 직시할 수 없는 모양이었다.

"괜찮아요? 이누카미 선배."

"그, 그건 오히려 내가 할 말인데……."

"전 괜찮아요. 익숙하니까요."

혹시 몰라 선배에게 치유마법을 걸며 주위를 둘러보았다.

낯익은 폭포, 괴이한 나무들, 그리고 어디선가 들려오는 짐승의 포효.

틀림없다. 이곳은 로즈가 날 던져 넣었던 숲이다.

사태의 중대함을 인식한 나는 곧장 선배에게 이 숲에 관해 간단히 설명했다.

바로 이야기를 이해한 그녀는 미안해하며 고개를 떨궜다.

"……미안, 우사토 군."

"사과하지 말아 주세요. 제가 멋대로 한 일이니까요."

"……응."

이럴 때 풀 죽은 그녀를 위로해야겠지만, 나도 이 상황을 어떻게든 해결하려고 고민하느라 여유가 없었다.

이곳의 무서움은 내가 가장 잘 알고 있었다.

"여긴 위험한 마물이 있는 숲이에요. 아까 봤던 폴보어 따위는 비교도 안 될 녀석들이 잔뜩 있죠."

"그럼 당장 여기서 나가야 하는 거 아니야……?"

"위험해요. 하늘을 보건대 곧 어두워질 거예요. 선배가 아무리 강해도 어디서 올지 모르는 몬스터를 상대하는 건 무리잖아요?"

"윽……."

밤이 되면 이곳은 정말로 캄캄했다.

의지할 것이 달빛밖에 없어서, 밤에 움직이려면 한정된 시야 속에서 행동해야만 했다.

"그러니 날이 밝아진 다음에 움직이죠."

"하지만 어두운 동안에는 위험하지 않아?"

"저는 나무 위에서 몬스터의 눈을 피했었는데, 선배는 어떠세요?"

"나무에 올라가 본 적 따위 없어. 그런 일은 그다지 허락해 주지 않았으니까……."

그런 놀이는 허락해 주지 않았다, 인가…….

어쩌면 선배는 사실 좋은 집안의 아가씨였다거나? 그렇더라도 이상하진 않았다.

아무튼 나무에 오르는 건 무리인가?

그렇다면—.

"그럼 여기서 보내죠."

"뭐?!"

내가 폭포 주변 물가, 지금 우리가 서 있는 곳을 가리키자 선배가 괴상한 소리를 냈다.

"여기라면 바로 옆에 물이 있고, 굳이 거점을 찾으려고 해봤자 몬스터에게 습격받을 뿐이에요."

"화, 확실히 그러네."

"결정이네요."

선배와 함께 주위에 떨어진 나뭇잎과 나뭇가지를 모았다.

몇 분 만에 산더미처럼 모였기에 나는 선배에게 마법을 쓰라고 했다.

"이누카미 선배, 마법으로 불을 붙여 주세요. 마물이 다가올 수도 있겠지만, 아무것도 안 보이는 캄캄한 상태에서 습격받는 게 더 위험하니 불을 밝혀 두죠."

"그런가. 알겠어."

선배는 쌓인 나뭇가지에 불씨가 될 전격을 쏴서 불을 붙였다.

따뜻한 불이 연기를 피우며 크게 타올랐다. 손을 쬐자 은은한 온기가 전해졌다. 옷이 젖어서 한기를 느끼던 차에 이 온기는 고마웠다.

"선배, 짐은요?"

"아아, 배낭이랑 검은 있어."

선배는 옆에 놓아두었던 배낭 안에서 단검과 지도를 꺼냈다.

지도는 사용할 수 없지만 단검은 쓸모 있을 것이다. 그 외에 뭐가 들어 있냐고 물으니 나머지는 선배의 옷 등이라고 했다.

뭐, 이런 서바이벌이 될 줄은 몰랐을 테고, 준비되지 않은 것도 당연한가?

"갈아입을 옷이 젖지 않아서 다행이야……."

"저는 여기 있을 테니 갈아입고 오세요. 저야 불 쬐고 있으면 옷은 금방 마르니까요."

"……알겠어. 아, 그 전에 검이랑 단검을 꺼내 놓을게."

한 손으로 다룰 수 있을 만한 무게의 검과 단검을 내게 건넨 선배는 배낭 안에서 옷을 꺼내 끌어안고 근처 수풀로 걸어갔다. 그러다가 무슨 일인지 갑자기 발을 멈추고 돌아보더니 장난꾸러기 같은 미소를 내게 보냈다.

"엿보면 안 된다?"

"하?"

"그 반응은 너무하잖아……."

선배는 어디서든 선배였다. 평소의 씩씩한 모습으로 돌아와서 안심한 건 비밀이지만.

몇 분 뒤, 간소한 옷으로 갈아입은 선배와 함께 야영을 준비했다.

준비라고 해도 불이 꺼지지 않게 지키거나 누울 장소를 확보하는 간단한 일이지만 말이지.

역시 불이 있으니 달랐다. 이것으로 범위는 한정되지만 어두워져도 행동할 수 있게 되었다.

그리고 또 한 가지! 선배의 마법이 있다면 식량 걱정도 없었다.

"이렇게 하면 될까?"

"선배~ 전 피난 완료했어요!"

모닥불이 밝혀진 곳 바로 옆에 있는 물가에 손을 담근 선배에게 외쳤다.

"언제든 파지직 해도 괜찮아요!"

"파지직이라니 뭔가 석연치 않지만…… 간다!"

한순간의 방전— 그러자 이누카미 선배가 있는 곳을 중심으로 물고기가 둥둥 떠올랐다.

마법으로 물고기를 잡다니…… 하고 선배는 불만스럽게 중얼거렸지만, 내 입장에서는 두 손 들고 기뻐할 만한 광경이었다. 처음 왔을 때에는 보존이 가능하다는 이점뿐인 퍼석퍼석한 휴대 식량밖에 없었으니까. 이렇게 먹을 맛이 있을 듯한 게 잔뜩 잡히다니 너무

기뻐……!

“선배가 있어서 정말 다행이에요!”

“그, 그렇게 울면서 감동할 것까지야…….”

그치만 불 걱정도 먹거리 걱정도 필요 없고, 심지어 물을 끓일 수도 있었다. 선배가 있으면 여기서의 서바이벌도 식은 죽 먹기죠.

조리한 물고기를 감동하며 먹는 내게 선배는 「얘, 왜 이래?」라는 시선을 던졌다.

“어두워졌으니 슬슬 자죠. 불은 제가 지켜볼 테니까요.”

저녁 식사 후, 주위가 완전히 어두워져서 나는 반대편에 앉은 선배에게 그렇게 제안했다.

“아냐, 우사토 군한테만 맡길 수는 없어. 내가…….”

“교대로 보기로 해요. 적당히 시간 지나면 깨울 테니까 그때까지 주무세요.”

나도 계속 깨 있을 만큼 쌩쌩하지는 않았다.

그리고 이 숲에서 가장 해서는 안 되는 일은 무리하는 것이었다. 치유마법으로 어느 정도 피로를 해결할 수는 있지만 마력도 무한하지는 않고, 그날의 컨디션에 크게 영향을 받았다. 그러니 내일을 생각하면 나도 확실하게 쉬어야 했다.

“그럼 조금 쉬기로 할까……. 덮치면 안 된다?”

“그럴 리가~.”

“……?!”

이 사람은 이럴 때 무슨 농담을 하는 거야.

***

"우사토 군, 자?"

"……왜 그러시죠."

푹 잠들어 있던 선배를 어떻게든 깨워서 교대한 지 10분쯤 지났을 때, 갑자기 선배가 말을 걸어왔다.

이누카미 선배 쪽으로 몸을 돌리자 무릎을 끌어안은 채 모닥불 불빛을 받고 있는 선배가 시야에 비쳤다.

"너는…… 이 세계에 소환되고 무슨 생각을 했어?"

이 질문의 의도는 무엇일까.

별생각 없이 한 질문인가, 아니면 생각하는 바가 있는 건가, 혹은 나를 용사 소환에 끌어들인 것에 대한 죄책감인가?

"무슨 생각이냐니……. 단장의 훈련은 고되고, 매일 우락부락한 동료들의 얼굴을 봐야 하고, 무엇보다 마왕군과 싸운다니 아직 현실감이 안 들어요."

"돌아가고 싶어?"

"으음~ 어려운 질문이네요."

돌아가고 싶기도 하고 돌아가고 싶지 않기도 했다. 모순됐지만, 이 세계에서 키운 치유마법이란 능력을 버리고 싶지 않다는 마음도 적잖이 있었다. 그리고 이 세계에서 만난 사람들과 헤어지는 것도 마음 아팠다. 짧은 시간이지만 알찬 나날을 보냈다.

하지만 물론 가족도 걱정됐다.

내가 망설이고 있으니 고민스러운 목소리로 이누카미 선배가 입을 열었다.

"나는, 돌아가기 싫어."

그 말에 얼마나 큰 의미가 담겨 있는지는 알 수 없었다.

"……왜인지 안 물어봐?"

"물어보길 원하나요?"

"물어봤으면 좋겠어."

그렇게 직구로 말할 것까지야.

"하아, 돌아가기 싫은 이유야 대충 상상이 가는걸요. 이누카미 선배는 원래 있던 세계보다 이 세계가 좋아서 돌아가기 싫은 거죠?"

"……응."

이 세계에 온 뒤로 이누카미 선배는, 뭐랄까, 생동감 넘쳤다. 원래 세계에 있을 때 그녀의 이미지와는 전혀 달라서 딴사람 같을 정도로.

"나는 원래 세계에 미련이 없어. 가족도, 친구도…… 허울뿐인 자신도 전부 버리고, 이 세계에 계속 있을 생각이야. 줄곧 애타게 기다렸어. 이렇게 자신을 해방할 기회를 말이야."

원래 세계에서 이누카미 선배는 그야말로 절벽 위의 꽃이라고 할 수 있는 완벽한 존재였다.

하지만 그런 완벽한 그녀는 거짓이었고, 심지어 그녀 자신은 그것을 버리고 싶어 했었다.

내게는 그렇게 들렸다.

"이 세계에 왔을 때, 난 너희가 있는데도 환희했어. 이곳엔 날 얽매는 것 따위 아무것도 없어. 그건 무엇과도 바꿀 수 없는 자유였어."

이누카미 선배가 기뻐하고 있다는 것은 알았다.

하지만 그 시점에서 원래 세계로 돌아가지 않겠다고 결심했을 줄은 몰랐다.

"……저는 괜찮다고 생각해요. 돌아가기 싫다고 생각하더라도."

"어……?"

"그 표정은 뭔가요. 설마 제가 그런 일로 선배에게 환멸을 느낄 줄 알았어요?"

"아니, 하지만…… 환멸을 느끼더라도 이상하지 않잖아."

"……저도 이세계를 동경했거든요. 선배와 달리 깊은 사정은 없지만."

일어나서 선배 쪽으로 몸을 돌린 나는 불안하게 눈동자가 흔들리고 있는 선배와 시선을 맞췄다.

"자신을 바꾸고 싶다. 한결같은 일상에 변화가 생겼으면 좋겠다. 줄곧 그렇게 생각했어요. 그러니 저도 이누카미 선배와 똑같아요."

"우사토 군……."

가냘픈 선배라니, 선배답지 않다고.

내가 아는 이누카미 스즈네는 좀 더 당당한 사람일 터였다.

"카즈키와 이누카미 선배의 걸림돌이 되고 싶지 않다고 제가 저번에 훈련장에서 말했죠?"

"……응."

"그때 저는 그저 막무가내로 돌진하고 있었어요. 하지만 이제 저는 구명단 단원으로서 카즈키와 이누카미 선배, 그리고 이 나라 사람들을 지키겠다고 각오했어요. 선배는 어떤가요?"

"나는, 용사로서……; 아니, 내가 있을 곳인 이 나라를 지키고 싶어."

"그럼 카즈키도 더해서 세 명이 링글 왕국 사람들을 구하죠. 원래 있던 세계 따위 관계없어요. 지금 우리가 있는 장소를 지키기 위해서인 거예요."

용사로서 두 사람이 싸우고, 구명단원으로서 내가 고친다.

그것이 지금 나의 이상이었다.

"너는, 정말로 늠름해졌구나."

"선배는 반대로 인간다워졌지만 말이에요. 원래 세계의 선배는 제 우상이었어요."

"그런 것치고는 나한테 너무 냉담하지 않아? 좀 더 동경해도 돼."

"원래 세계에서 완벽했던 선배는 이세계에 와서 바뀌었잖아요?"

"하하하, 맞는 말이야. 그리고 동경받는 것보다 너랑은 좀 더 가까운 관계이고 싶어."

의미심장한 표현이네.

내게 보내는 온화한 미소에 멋쩍어져서 그 시선으로부터 도망치듯 누웠다.

"잘게요. 안녕히 주무세요."

"응? 혹시 부끄러워하는 거야?"

불을 등지는 형태로 몸을 돌렸다.

이 이상 이야기하면 창피해서 잘 수 없게 될 것 같았다.

"후후, 너랑 얘기하게 돼서 정말 다행이야. 잘 자, 우사토 군……."

점차 의식이 흐릿해지는 가운데, 기뻐하며 중얼거리는 선배의 목소리가 들렸다.

***

다음 날 아침.

우리는 해가 뜸과 동시에 숲을 빠져나가기 위해 걷기 시작했다.

로즈와 함께 숲을 나갔을 때의 방향은 대충 기억하고 있다.

방향 감각에는 자신 있었다.

"한 가지 신경 쓰였는데, 블루링은 우리 냄새를 쫓아오지 못하는 걸까?"

"우리가 강에 빠지지 않았다면 가능했겠지만…… 아쉽게도 말이죠."

그 먹보, 호위분들한테 폐나 끼치지 않았으면 좋겠는데…….

우리의 발걸음은 느릿했다. 이유는 두 가지.

첫째, 몬스터에게 들키지 않도록 조용히 이동하기 위해—. 이번에는 쿠쿠루가 없어서 몬스터를 감지할 수 없기 때문이다.

둘째, 이동하는 방향을 잃어버리지 않기 위해—. 안 그래도 키 큰 나무가 무성한 숲이었다. 급하게 나아가면 순식간에 길을 잃게 될 것이다. 그런 사태를 방지하려면 주변 풍경에 주의하며 이동하는 것이 중요했다.

이것은 로즈가 읽으라고 줬던 책에 적혀 있던 지식이었다.

신중하게 길을 걷길 몇 시간……. 여전히 출구가 보이지 않는 가운데, 이누카미 선배가 나무 위를 뛰어다니는 무언가를 포착했다.

"우사토 군! 위에!"

"……?!"

선배를 따라 위를 올려다보니 그곳에는 독살스러운 초록빛을 띤 작은 원숭이형 몬스터 무리가 있었다.

저건—.

"베놈몽키인가……."

"아는 거야?"

"아뇨, 책으로만 봤지 저도 실물은 처음 봐요."

베놈몽키, 이름 그대로 맹독을 가진 원숭이 몬스터였다.

책에 의하면 성격은 온화하지만, 천적의 습격을 막기 위해 스스로 독나무 열매를 먹어서 발톱과 이빨에 강력한 마비독을 간직하게 됐다고 한다. 독 때문에 변색된 초록빛 털은 천적에 대한 시각적인 무기도 되었다.

그때, 무리에서 내려온 새끼 베놈몽키 한 마리가 선배와 내 앞으로 다가왔다.

……응, 일단 경고해 둘까.

"이누카미 선배, 이 원숭이는 독을 가지고 있으니까 만지지 마세요."

"우쭈쭈, 무서운 사람 아니야."

"들으라고, 쫌!"

이 선배, 글러 먹었어!

무심코 존댓말을 잊어버렸지만, 조심성 없이 새끼 원숭이에게 손을 내미는 이누카미 선배를 보자 머리가 아팠다. 아무튼 그녀의 기행을 멈추려고 선배의 팔을 잡았다.

"위험하다니까요! 이 녀석은 독을 가지고 있다고요!"

"설령 중독되더라도! 그건 이 애의 귀여움이라는 독니에 걸린 내 업보야!"

"영문 모를 소리 좀 하지 말아 주세요……."

쓸데없이 멋있게 말해도 안 돼!

아아, 일단은 여자니까 강하게 제압할 수가 없어!

이누카미 선배가 내민 손을 보고 새끼 원숭이가 의아한 표정으로 고개를 갸웃했다. 그 모습에 선배는 이겼다는 듯이 히죽 웃었지만―.

"끽!"

새끼 원숭이는 선배의 검지를 앙 물어 버렸다.

웃는 얼굴로 굳은 선배는 여전히 손가락을 물고 있는 새끼 원숭이에게 말했다.

"거 봐, 안 무섭지?"

"우키―!"

새끼 원숭이는 도망갔다.

아니, 무리로 돌아갔다고 해야 할 것이다.

눈앞에는 애수가 감도는 이누카미 선배의 등이 있었다.

나는 아무 말 없이 그녀의 어깨에 손을 얹고, 물렸을 때 주입된 독을 고쳐 주었다.

그러게 내가 뭐랬어요, 선배…….

“이누카미 선배, 낙심하고 있어도 별수 없잖아요…….”

“…….”

선배의 몸을 다 고치고 재차 걷기 시작했지만, 조금 전 일이 너무 충격적이었는지 선배는 고개를 숙인 채 얼굴을 들지 않았다.

솔직히 말하겠다. 귀찮다.

그러니 그냥 무시하자.

아무 말도 안 하게 된 내가 불만스러웠는지 선배가 살짝 뾰로통해져서 말을 걸어왔다.

“위로 안 해줘?”

“아까 했잖아요.”

“심술쟁이구나, 우사토 군.”

아니, 지금 이건 심술이 아니지.

“선배야말로 제 말 좀 들어주세요. 선배가 무슨, 말 안 듣는 어린애예요?”

“이 세계에서 다시 태어났다는 점에서는 어린애와 같아.”

무슨 궤변을 늘어놓는 겁니까.

“하아…….”

"우우, 그 한숨은 뭐야."

"……."

"무시인가. 좋아, 도전을 받아 주겠어."

그 후, 무시하기로 작정한 내게 선배가 일방적으로 말할 뿐인 시간이 흘렀다.

점차 나무 수가 적어졌다. 곧 숲을 나갈 수 있겠네.

나는 어느새 입을 다물어 버린 선배 쪽을 보고 입을 열었다.

"선배, 곧 나갈 수 있겠어요."

"큭, 때는 이때라는 것처럼 말을 걸다니! 타이밍을 잘 알고 있구나, 우사토 군!"

전혀 반성 안 하고 있어!

혼자 떠드는 이누카미 선배를 무시하고 앞을 보았다.

조금 더 걸으니 나무들이 없는 트인 곳으로 나왔다.

"우사토 님—! 스즈네 님—!"

"수위분의 목소리야……."

목소리가 들리는 방향에는 우리를 계속 찾아다녔을 수위, 그리고 블루링이 있었다.

"피곤하네요……."

"나는 우사토 군이랑 있어서 즐거웠어."

참말입니까…….

보통은 착각할 부분이지만, 선배가 한 말이니 너무 신경 쓰지 말자.

"자, 찾았습니다! 정말로 다행이야……."

"크오!"

우리를 발견한 수위와 블루링에게 힘없이 손을 흔들었다.

그러자 나를 돌아본 선배가 태양처럼 환하게 웃으며 내게 손을 내밀었다.

"자, 돌아가자! 우사토 군!"

무심코 따라 웃어 버린 나는 쑥스럽게 생각하면서도 그 손을 잡았다.

이제 그녀는 내가 동경의 대상으로 보던 이누카미 스즈네가 아니었다. 단아하고 믿음직한 학생회장도 아니었다.

지금은 이세계라는 새로운 환경을 즐기는 여자아이였다.

살짝 산만하고 거리낌이 없지만 말이지.

"예, 돌아가죠. 우리가 있을 곳으로."

내 말에 기뻐하며 고개를 끄덕이는 그녀를 보고 나도 자연스럽게 미소를 지으며 생각했다.

가끔은 이 사람에게 솔직해지는 것도 나쁘지 않다고.

***

나와 이누카미 선배는 무사히 왕국으로 돌아갈 수 있었다.

수위분은 나와 이누카미 선배가 떠내려간 것에 강한 책임감을 느끼고 블루링과 함께 밤낮으로 찾아다닌 모양이었다. 마법사는 붙잡은 도적들을 데리고 왕국으로 돌아가서 우리의 실종을 보고한 상태였다.

호위 두 사람에게는 나중에 제대로 고맙다고 말해야겠다.

우리는 임금님에게 무사한 모습을 보이기 위해 성으로 향했다.

블루링은 수위에게 맡겨 두었다. 어느새 친해져 있었으니 말이지. 질리지도 않고 블루링을 만지려다가 반격당한 누군가도 있지만…….

이누카미 선배와 함께 임금님이 있는 그레이트 홀에 들어서자 임금님 말고도 우리가 소환됐을 때 임금님 옆에 있던 세르지오라는 까다로워 보이는 노인과 로즈, 시구르스 씨가 있었다.

"오오, 우사토, 스즈네…… 정말 다행이야……."

임금님은 우리 모습을 확인하고 안도의 숨을 내쉬며 지친 모습으로 옥좌에 깊이 주저앉았다. 자세히 보니 임금님의 눈 밑에 희미하게 다크서클이 생겨 있었다. 상당히 걱정을 끼친 모양이다.

아무튼 이번 일을 사과하기 위해 입을 열려고 했는데 나보다 먼저 이누카미 선배가 말을 꺼냈다.

"심려를 끼쳤습니다."

"아니, 사과할 필요는 없네. 오히려 사과할 건 이쪽이지. 이번에는 정말로 고생했네. 우사토에게도 미안하군. 내가 스즈네랑 같이 훈련에 참가하라고 말하지 않았다면……."

너무 됨됨이가 좋은 임금님이라 오히려 괴로워.

임금님의 말에 나는 두서없긴 했지만 어떻게든 대답했다.

"아뇨, 저는…… 그, 저는 괜찮습니다. 뭐랄까, 이런 일은 이미 익숙해서…….”

“익숙하다?”

실언했다!

여기서 솔직하게 말하면 일이 귀찮아질지도 몰랐다.

“아아! 아뇨, 아무것도 아닙니다! 원래 세계에서 자주 숲에 갔었거든요!”

“그, 그런가…….”

나는 왜 방금 로즈를 감싼 걸까.

설마 정신까지 로즈에게 조교되고 있는 건가!

로즈 쪽으로 시선을 주자 아니나 다를까 엷게 웃고 있었다.

엄청난 패배감이…….

“그건 그렇고 우사토, 구명단 훈련은 순조로운가?”

여기서 가장 대답하기 어려운 질문이 나왔어!

조금 전에는 어떻게든 얼버무릴 수 있었지만, 설마 이런 질문이 나올 줄이야.

이 자리에는 로즈도 있고, 어떻게 대답하느냐에 따라 이후 전개를 각오해야만 한다.

“수, 순조롭습니다.”

“그렇군. 실은 걱정되었다네. 그런가, 순조로운가……. 다행이야.”

가슴이, 가슴이 찢어질 듯 아파.

양심의 가책에 괴로워하고 있으니 임금님 옆에 서 있던 세르지오 씨가 임금님께 말했다.

"로이드 님, 슬슬……."

"알고 있네. 우사토, 스즈네. 자네들도 피곤하겠지. 돌아가서 느긋하게 쉬게."

임금님의 권고를 듣고 홀에서 나왔다.

그런데 로즈는 평소와 다름없었으나 세르지오 씨와 시구르스 씨의 얼굴은 어쩐지 험악해 보였었다.

우리가 돌아와 안도한 것은 표정으로 알 수 있었지만, 그 외의 일로 고민 중인 듯했다.

"……기분 탓이면 좋겠지만."

임금님 말대로 오늘은 지쳤다.

선배도 겉모습은 아무렇지 않아 보이지만 분명 피곤하겠지.

"우사토! 선배!"

"기, 기다려 주세요! 카즈키 님~!"

"응?"

나란히 걷는 선배에게 슬슬 해산하자는 말을 꺼내려 했을 때, 전방에서 숨을 헐떡이며 달려오는 카즈키와 세리아 님을 발견했다.

그러고 보니 카즈키에게도 걱정을 끼쳤네. 우리 곁으로 와서 무릎에 손을 짚은 채 숨을 몰아쉬는 그를 보니 미안했다.

"오, 오랜만이야."

"오랜만이라니! 일어나니까 우사토랑 선배가 몬스터의 습격을 받고 행방불명이라고 해서…… 엄청 걱정했다고!"

"……미안."

정말로 면목 없었다.

이누카미 선배와 이야기하던 세리아 님이 그런 우리를 보고 작게 웃었다.

역시 공주님, 행동 하나하나가 우아하기 짝이 없다.

"후후, 스즈네 님과 우사토 님이 행방불명됐다는 소식을 들은 카즈키 님은 얼굴이 새파래지셔서 성 밖으로 뛰쳐나가 버리셨답니다."

"앗, 그건 말하지 말아 줘……."

"하하하! 너도 참 무모하구나, 카즈키 군."

분위기를 띄우려는 것인지 선배가 카즈키를 놀렸다.

그럼 나도—.

"무모한 걸로 따지자면 선배도 만만치 않잖아요? 새끼 원숭이한테 미움받았고 말이죠."

"윽, 그건……. 심술쟁이라니까, 정말!"

"우사토, 새끼 원숭이라니?"

"실은 말이지…… 이누카먁?!"

"아무것도 아니야! 아무것도 아니니까!"

이누카미 선배가 내 입을 틀어막았다. 그렇게 폭로되는 게 싫은가? 나중에 카즈키에게 몰래 얘기해 주자.

나를 꽉 누르고 허둥대는 선배의 모습을 보고 카즈키와 세리아 님은 고개를 갸우뚱했다.

하지만 무슨 생각을 했는지 세리아 님이 나와 선배를 번갈아 본

후에 카즈키에게 시선을 옮겼다.

"무척 사이가 좋으시네요."

아무래도 왕녀님은 엉뚱한 착각을 하신 것 같다. 카즈키는 눈치채지 못한 모양이지만.

여기서 선배가 덩달아 사태를 악화시키기 전에 부정해 둬야지, 안 그러면 조금씩 큰일로 발전할지도 모른다. 그보다 지금, 날 제압하고 있는 선배의 입꼬리가 초승달처럼 휜 것이 보이고 말았다.

"아뇨, 그런 게 아니에요. 말도 안 되죠."

"……?!"

그렇게 내가 단언하자 선배는 충격받은 것처럼 뒷걸음질 쳤다.

아니, 그치만…… 적어도 조금만 더 자중해 준다면…… 무리인가.

"그런가요. 아쉽네요."

세리아 님은 전혀 아쉬워 보이지 않는 얼굴로 웃었다.

역시 세계는 달라도 여자는 연애 이야기를 좋아하는 건가. 딱히 연애 이야기는 아니지만 말이야!

"아, 맞다. 우사토, 로즈 씨 대단하더라!"

"느닷없이 무슨 얘기야?!"

설마 카즈키가 로즈의 이름을 꺼낼 줄이야! 그 사람과 카즈키에게 접점 따위은 없을 터―.

전전긍긍하면서 카즈키의 다음 말을 기다렸다.

"우사토와 선배를 찾으러 가려고 성을 뛰쳐나갔는데 성문 앞에서 로즈 씨에게 붙잡혀 버렸거든. 나도 진심을 다했지만 꼼짝도 할 수 없더라……."

"그 사람은 규격을 벗어났으니까……."

나랑 블루링을 아기처럼 다루니 말이지.

"하지만 나도 경솔한 행동이었다고 생각해. 그때 로즈 씨가 말려주지 않았다면 이 나라에 누를 끼쳤을지도 몰라……."

확실히 그건 부정할 수 없었다.

이누카미 선배가 행방불명인데 또 다른 용사인 카즈키마저 없어지면 큰일이었다. 그런 부분을 생각하면 로즈의 행동은 옳다고 할 수 있었다.

"그리고 로즈 씨는 널 믿고 있었어."

"믿고 있었다고……?"

"우사토는 자기 부하니까 간단히는 죽지 않는다더라. 네가 무사하다는 걸 전혀 의심하지 않아서 대단하다고 생각했어."

오케이, 카즈키의 말로 미루어 보면 로즈는 내가 그렇게 간단히 뒈질 거라고는 생각하지 않았다는 거네.

신뢰받고 있는 것에 기뻐해야 할지 복잡한 심경이지만 말이야…….

로즈의 말을 있는 그대로 받아들인 카즈키의 순진함과 상냥함에 감동하면서도, 나는 진지한 표정으로 카즈키의 양어깨에 손을 올렸다.

카즈키는 의아해하며 고개를 갸우뚱했지만 나는 상관하지 않고 입을 열었다.

"카즈키, 넌 그대로 계속 깨끗하게 있어 줘. 타락한 건 나랑 선배뿐이면 돼."

"……으, 응? 그, 잘 모르겠지만 알겠어."

그럼 됐어.

애매하게나마 고개를 끄덕여 준 그를 보고 안심하여 어깨에서 손을 뗐다.

휴우. 안도의 숨을 내쉬자 옆에 있던 선배가 뚱한 눈으로 나를 보았다.

뭔가 싫어서 그쪽으로 얼굴을 돌리니 선배가 납득할 수 없다는 듯이 불만스러운 표정을 지었다.

"아무렇지도 않게 나까지 타락한 걸로 취급했어."

이런저런 걸 알고 있는 당신이 그럼 타락하지 않았다는 거야?

***

우사토와 스즈네가 퇴실한 그레이트 홀.

그곳에 로즈, 시구르스, 세르지오, 세 사람이 남아 있었다.

"세르지오, 스즈네 일행을 덮친 폴보어에 관해 뭔가 알아냈나?"

"아직 자세한 건 알 수 없습니다만……."

폴보어는 주로 평원에 서식하는 몬스터였다. 그것이 아직 평원에 도착하지 않은 스즈네 일행을 덮쳤다. 우연이라고 치부할 수 있다면 구명단 단장인 로즈와 군단장 시구르스를 호출하지는 않을 것이다.

"평원 지대를 넘어 용사 일행을 공격한 도적을 심문해 보니 『평소보다 몬스터가 적었다』고 합니다. 하지만 어차피 이웃 나라에서 흘러든 죄인들의 말. 신빙성은 부족하지요."

"만약 도적들의 말이 사실이라면 평원 지대의 몬스터는 그곳에서 도망친 걸 수도 있어. 무시무시한 무언가가 다가오는 방향과는 반대쪽인 이곳으로……."

세르지오의 말에 이마를 짚으며 나는 그렇게 말했다.

마침내 와 버린 것이다. 와야 할 적이……. 적은 저번 싸움처럼 이쪽을 얕보지 않을 것이다. 전력으로 링글 왕국을 손에 넣고자 진군해 올 터…….

침묵을 유지하던 시구르스가 입을 열었다.

"마왕군……일까요."

"그래. 마침내 오는 거지."

마족을 이끌고 꺼림칙한 몬스터를 앞세워 링글 왕국을 덮치려 하는 침략자.

가능하다면 싸움은 피하고 싶지만, 문답무용으로 쳐들어온 지난 침략을 보건대 그것은 무리였다.

"시구르스, 모든 대장급에게 전하게. 언제든 움직일 수 있도록 군대를 갖추라고 말이야."

"예! 명 받들겠습니다!"

시구르스는 힘 있게 대답했다.

"음……."

그 후, 시구르스는 공손하게 인사하고 군대를 정비하기 위해 홀에서 나갔다.

다음으로 벽에 등을 기댄 채 팔짱을 낀 로즈에게 시선을 보냈다.

"로즈……."

"알고 있습니다, 로이드 님. 저는 마왕군의 침공 상황을 확인하고 오면 되는 거지요?"

"미안하네……."

"신경 쓰지 마시길. 이 나라에서 가장 발 빠른 사람이 저라는 건 알고 있으니까요. 정찰 장소는 평원 지대 안쪽, 경계선 부근이면 됩니까?"

"그래. 아마 그 근처겠지. 우리로서는 없는 편이 고맙지만 말이야."

평원 지대에는 세 나라로 갈라지는 길이 있었다.

첫 번째는 링글 왕국, 두 번째는 이웃 나라, 그리고 세 번째가 대하(大河)를 사이에 두고 몬스터들이 판치는 지대가 있는 『마왕령』이었다.

"그럼 전 어두워지면 출발하겠습니다."

"밤에 말이오?! 위험하지 않겠소? 로즈 공!"

세르지오가 말렸다.

정말로 마왕군이 침공해 온다면 마왕령의 몬스터들이 대량으로 밀려오고 있을 것이다.

하지만 그곳에 가는 이는 링글 왕국의 전 대대장 로즈— 웬만한 마물이라면 문제없으리라.

"로즈, 예전처럼 대대장 지위로는 돌아오지 않는 건가."

이쪽에 등을 돌리고 나가려던 로즈에게 무심코 그 말을 던지고 말았다.

거절할 것은 알고 있었다. 하지만 간청하지 않을 수 없었다.

"돌아갈 생각은 없습니다. 그리고 저는 로이드 님이 생각하시는 만큼 깨끗한 인간이 아닙니다."

"치유마법사로서 처음으로 대대장을 맡았던 자네가 어째서 그렇게까지 자신을 비하하나. 대대장 자리에서 물러난 뒤로도 구명단 단장으로서 수많은 생명을 구하지 않았나."

"비하가 아니라 사실입니다."

치유마법이 가져오는 압도적인 신체 능력으로 그 어떤 강인한 마물도 때려눕혀 온 그녀의 무훈은 지금도 기사들 사이에서 회자되고 있었다.

치유마법사의 평가도 그녀 덕분에 어느 정도 오를 정도였다. 그런 그녀가 다시 대대장 자리에 앉아 주길 원했지만…….

"역시, 그 일을……."

"마음에 두고 있습니다. 잊을 수 있을 리가 없죠. 제 부하들의 죽음도 받아들였고, 죽은 그 녀석들은 이제 고칠 수 없다는 것도 이해하고 있습니다. 하지만 이 오른쪽 눈에 새겨진 상처가 그 녀석들을 잊을 수 없게 합니다."

예전에 대대장 자리에 오른 그녀가 단련시킨 일곱 정예.

개성적이라서 다루기 힘든 자들이기는 했지만, 그들 모두 대대장인 로즈를 존경하며 따랐다. 그들이 전쟁터로 향하면 상대가 그 어떤 강력한 마물이든 흉악한 마족이든 완전한 승리를 얻어서 돌아왔었다.

수많은 공적을 세운 그녀의 부대가 패배하리라고는 누구도 상상조차 하지 못했다.

"하지만 그건 자네의 책임이……."

"제 책임입니다. 제가 자만에 빠졌기 때문에 부하들이 죽은 겁니다. 그걸로 겨우 이해했습니다. 아무리 우수해도, 아무리 단련해도, 아무리 신뢰해도 죽으면 끝이라는 걸. 말하자면 이 상처는 제가 죄를 잊지 않도록 하는 벌인 거죠."

신뢰하는 부하들을 모두 잃어버린 그녀의 상처는 이루 헤아릴 수 없을 것이다.

"로이드 님, 죽은 녀석들을 언제까지고 마음에 두고 있는 인간에게 섣불리 싸울 곳을 주면 안 됩니다. 제가 그 좋은 예입니다."

표면상으로는 오른쪽 눈의 상처를 이유로 복귀를 거절하고 있지만, 역시 그 일은 그녀에게 트라우마가 된 건가.

"그래서 저는 구명단을 만든 겁니다. 싸우지 않고 구하는 것이 목적인 조직을 말이죠."

마왕이 부활하기 전에 만들어진 구명단. 당시에는 그 이상하기 짝이 없는 조직에 의문의 목소리가 높았지만, 마왕이 부활하고 곧장 이루어진 2년 전 침공으로 그 인식은 확 바뀌었다.

그녀와 그녀가 단련시킨 정예는 많은 기사를 구하여 우리 왕국군을 승리로 이끌었다.

"구명단을 만든 이유는 하나 더 있습니다."

"그게 뭐지?"

로즈의 외눈이 나를 지그시 응시했다. 빨려 들어갈 듯한 비취색 눈동자에 전율이 일 것 같았으나 일국의 주인으로서 마주 보았다.

저번 싸움에서 승리에 공헌한 구명단. 설립을 인정한 것은 다름 아닌 나지만, 그 존재 이유는 로즈 본인에게 듣지 못했다. 하지만 병사들의 목숨을 살리고 싶다는 것이 주된 이유가 아님은 어렴풋이 알아차리고 있었다.

"저는—."

로즈는 오른쪽 눈을 오른손으로 덮고 무엇이 우스운지 어깨를 떨며 입을 초승달처럼 휘었다. 평상시 그녀와는 전혀 다른 표정을 지으면서 내뱉은 말은 경악할 만한 것이었다.

"죽지 않는 부하를 원합니다."

죽지 않는 부하, 그것이 그녀가 바라는 것이었다.

비현실적이라고 생각함과 동시에 한 소녀의 모습이 뇌리에 떠올랐다.

용사 소환에 휘말려 버린 불운한 소년.

얼핏 보기에는 믿음직스럽지 못하지만, 마음씨 착한 평범한 소년인 것 같았던 그가 지금은 이 나라 기사들의 목숨을 구하는 역할을 짊어지고 있었다.

용사도 기사도 아니고, 하물며 특별히 강한 공격마법을 쓸 수 있는 것도 아닌 그를…….

그녀의 과거를 생각하면 이해하지 못하는 바는 아니었다.

하지만 그것을 그에게 바라는 것은 너무나도 가혹했다.

"그건 인간이 원해도 될 영역을 넘어섰어."

"그걸 위한 훈련입니다. 치유마법, 인간의 영역을 넘어서기 위한 수련, 어떤 상대에게도 굴복하지 않는 강철 같은 정신력. 줄곧 찾고 있었습니다. 그 전부를 갖춘 녀석을……."

그녀가 바라는 모든 것을 가지고 있는 사람은—.

"우사토, 인가."

"그 녀석은 그야말로 제 이상(理想)입니다. 치유마법 외에 특별한 능력 따위 하나도 없는 평범한 애송이지만, 제가 원하던 치유마법사에 제격이었어요. 게다가 어느새 그 녀석은 깜짝 놀랄 만큼 구명단 환경에 순응했죠. 이게 무슨 의미인지 아십니까?"

"……아니."

"생존 본능, 적응 능력, 살고자 하는 의지. 뭐, 좋게 말하면 지기 싫어하는 성격, 나쁘게 말하면 주위 환경에 쉽게 영향 받는 성질이라고 할까요."

"주위 환경에 쉽게 영향 받는다……?"

"피나는 훈련을 하면서도 그 녀석은 투덜거릴지언정 그만두지 않았습니다. 아무리 매도해도 꺾이지 않았어요. 그건 그 녀석이 이 세계에, 구명단이라는 환경에 적응했기 때문이죠. 그 녀석의 본질은 주변에 적응하는 것. 구명단의 가혹한 훈련을 완수한 것도, 『링글의 어둠』에서 열흘이나 생존할 수 있었던 것도, 그 환경에서 자신의 힘을 최대한으로 살려 순응하고자 한 결과인 겁니다."

살고자 하는 의지가 우사토라는 존재를 형성하고 있다는 건가.

"제가 원하는 치유마법사로서 최고이지 않습니까? 그리고 그 녀석은 무슨 꼴을 당하든 제게 반항적인 태도를 보이죠. 절대로 굴복하지 않아. 그 녀석은 마치……!"

거기서 말을 멈춘 로즈는 제정신으로 돌아온 것처럼 진지한 얼굴이 되었고, 이번에는 자조적으로 웃으며 얼굴을 들었다.

말문이 막힌 우리를 상관하지 않고 로즈는 띄엄띄엄 말을 꺼냈다.

"그래…… 죽은 그 녀석들을 빼닮은 시건방진 애송이야. 그래서 나는 그 녀석을 이상적인 치유마법사로 만들기로 한 거야."

잇따라 그렇게 말한 그녀는 문 쪽으로 몸을 돌리고 뚜벅뚜벅 걸어가 버렸다.

남겨진 나는 움직일 수 없었다.

그렇게나 연약하고 슬픈 분위기를 휘감은 그녀를 본 것은 처음이었다.

정적이 지배하는 홀 안에 그녀가 떠나는 발소리만이 멀찍이, 조용하게 울려 퍼졌다.

제6화 결의의 밤!

평원 지대의 경계선 부근.

대하를 사이에 두고 자리 잡은 마왕령에서 사람이 아닌 수많은 병사들이 거대한 다리를 건조하고 있었다.

그 집단은 마왕군— 그들은 링글 왕국을 침략하기 위해 먼 길을 거쳐 여기까지 온 것이었다.

필두인 제3군단장, 아미라 베르그레트는 목전으로 다가온 전쟁을 앞두고 자신을 고무하듯 목소리를 높였다.

"다리도 곧 완성된다! 우리는 마왕님의 창! 분골쇄신하여 그 힘을 바쳐라!"

그녀의 목소리에 호응하여 병사들이 낮게 외쳤다.

아미라가 만족스럽게 고개를 끄덕이자 검은 갑옷을 두른 기사가 어이없어하며 한숨을 쉬었다.

"군단장, 너무 의욕적인 거 아니야? ……솔직히 기분 나빠."

"그렇게 말해도…… 흥분되는 건 어쩔 수 없잖아. 그보다 네놈! 상관에게 기분 나쁘다니!"

"하아, 죄송합니다. 우리 쪽에는 상하 관계 따위 없는 거나 마찬가지였기에."

의욕 없이 그렇게 중얼거린 부하를 보고 아미라의 핏줄이 빠직

하고 붉거졌다.

“네놈! ……뭐, 좋아. 하지만 지금은 형식적으로 내 부하야. 내 지시에 확실히 따라 줘야겠어.”

“알고 있어.”

귀찮다는 목소리로 그렇게 대답한 기사는 발길을 돌려 어딘가로 가 버렸다.

남겨진 아미라는 이마를 짚었다.

“하아, 유능한 건 좋지만 정말로 다루기 어렵군.”

“고생하고 있는 것 같네.”

경박한 미소를 지으며 휴루르크가 아미라에게 걸어왔다.

“휴루르크인가……. 네 소중한 아이를 안 돌보고 여기 있어도 되는 거야?”

소중한 아이란 그가 직접 만든 마조 몬스터 72호『바르지나크』를 말했다. 이 진군의 전략 병기였다.

“비아냥거리지 마……. 그래서, 다리 건조의 진행 상황은 어때?”

“앞으로 몇 시간 있으면 완성되겠지.”

완성되고 있는 다리를 곁눈질하고 아미라는 그렇게 중얼거렸다.

다리의 재료는 절반이 목재— 나머지는 마법으로 만든 물질이었다. 강도는 빈말로도 높다고 할 수 없지만 건너기에는 충분할 것이다.

“근데 지금 이 다리가 망가지면 여러 가지로 위험한 거지? 사기도 내려가고.”

“그렇게 되지 않도록 24시간 강 건너편을 망보고 있는 거잖아.

불길한 소리 하지 마."

"하하하, 미—."

그때, 대화에 끼어드는 것처럼 파수병이 숨을 헐떡이며 아미라 곁으로 달려왔다.

"군단장님! 전방에서 무언가가 날아오고 있습니다!"

"뭐?!"

그 순간, 전방에서 떨어진 거목이 건조 중이던 다리를 직격했다.

처박힌 그 거목을 중심으로 쩌저적 금이 가더니 다리는 무참하게 무너졌다.

"뭐…… 뭐야! 무슨 일이 일어나고 있는 거야?! 다리가……!"

순식간에 벌어진 일에 아미라도, 휴루르크도 멍하니 보고 있을 수밖에 없었다.

제정신으로 돌아온 아미라는 강 건너 멀찍이 떨어진 곳에서 한 사람을 발견했다.

희미하게 보이는 것은 특징적인 초록색 머리카락.

"로오오오오오오오오즈!"

격노의 외침은 강 건너에서 웃고 있는, 사람 형태를 한 악마에게 향했다.

***

웬일로 휴가를 받았다.

어제 내가 왕성에서 숙소로 돌아온 뒤에 돌아온 로즈는 밤에 어딘가로 가 버렸다.

그러면서 내게 휴가를 준 거지만…….

"왜 나는 성 아랫마을에 나와 있는 걸까요……."

손에는 로즈에게 건네받은 메모와 편지— 메모에는 쓸데없이 깔끔한 지도가 그려져 있었다.

그런데 유난히 주목을 받았다. 훈련복은 입고 있지만 훈련하고 있지는 않고, 블루링도 옆에 없는데…….

"왜 평범하게 걷고 있는 걸까……."

"그러게……."

구명단이 평범하게 걷고 있는 게 이상한 건가. 그렇군, 그렇게 된 거였나.

큭…… 놀라지 않게 된 나는 상당히 물들어 버린 거겠지. 여기 있는 사람들도 비슷하게 물든 것 같지만.

주위의 속닥거림을 가볍게 넘기며 지도를 따라 걸어갔다.

목적지는 큰길에 있었다. 로즈는 그렇게 어렵지 않은 장소에 있다고 했는데…….

"저건가?"

다양한 가게가 늘어선 가운데 하얀 벽돌 건물이 눈에 들어왔다.

지도는 이곳을 가리키고 있지만 이대로 들어가도 되는 걸까?

아무튼 건물 쪽으로 다가가니 낯익은 귀와 꼬리가…….

"응?"

10미터쯤 떨어진 곳에서 여우 수인 소녀가 이쪽을 엿보고 있었다.

내 생각을 꿰뚫어 보는 듯한 저 시선은 뭐지……. 안 되겠어. 저 아이랑은 엮이면 안 된다는 느낌이 들어.

빠른 걸음으로 목적지인 건물 입구로 달려가 문을 잡아당겼다. 그리고 소녀의 시선에서 도망치듯 안으로 들어가 문을 닫았다.

내부는 빈틈없이 청소되어 청결을 유지하고 있었다. 마치 구명단 숙소 같았다.

아무도 보이지 않지만 일단 사람을 불러 보자.

"……실례합니다~!"

"네~!"

안쪽에서 씩씩한 소녀의 목소리가 들리더니 몇 초 후, 종종걸음으로 내 앞에 모습을 나타냈다.

키는 나보다 살짝 작았고, 금발을 세미쇼트로 자른 활발해 보이는 소녀였다.

그녀는 나를 보고서 밝은 목소리로 말을 걸어왔다.

"안녕하세요! 플레르 진료소에 무슨 일로 오셨나요?"

"플레르? ……어, 그게, 로즈 씨에게서 맡은 편지를 가져왔는데요……."

"엇! 그게 정말인가요!"

플레르라고 하면 나와 로즈 이외의 치유마법사, 올가 씨의 이름이었을 터—.

그렇다는 건 이곳이 올가 씨가 운영하는 진료소인가?

다시 한 번 내부를 둘러보며 로즈에게 받은 편지를 눈앞의 소녀에게 건넸다.

“고맙습니다! 실례지만 이름을 여쭤봐도 될까요?”

“우사토입니다.”

“우사토……? 오빠한테 그런 이름을 들었던 것 같은데…… 아! 새로 로즈 씨의 부하가 된 사람이구나!”

“마, 맞아요.”

굉장히 씩씩하다. 원래 세계에서도 평범하게 친해질 수 있을 듯한 느낌이었다.

아마도 이 아이가 올가 씨의 동생이겠지.

“난 우루루 플레르! 열여덟 살입니다!”

“……전 열일곱 살입니다.”

“한 살 어리네!”

그게 뭐 어쨌다는 걸까……? 그런데 자기소개하면서 나이를 말하는 건 올가 씨랑 똑같네.

역시 피는 속일 수 없는 건가.

“저기, 올가 씨는……?”

“오빠라면 안쪽에서 환자를 보고 있어. 견학해 볼래?”

올가 씨는 어떤 치유마법사일까? 나는 로즈 말고 치유마법사를 본 적이 없으니 참고가 될지도 몰랐다.

“부탁해도 될까요?”

“그럼! 따라와!”

우루루 씨에게 건물 안쪽 방으로 안내받았다.

방문을 살짝 열며 우루루 씨가 목소리를 죽이고 입을 열었다.

"너무 큰 소리는 내지 마. 오빠는 집중이 잘 흐트러지는 사람이거든."

"알겠어요."

그녀의 안내를 따라 문틈으로 안을 들여다보았다. 왠지 나쁜 짓을 하는 기분이지만, 동생이 허가했으니 괜찮겠지.

침대에 누운 아이와 올가 씨의 모습이 보였다. 엄마로 보이는 사람이 아이의 손을 꼭 잡고 있는 걸 보면 저 아이는 어떤 병을 앓고 있는 듯했다.

"저 애는 며칠 전에 입은 상처로 이상한 세균이 들어가서 몸이 안 좋아진 것 같아. 증상이 너무 심해서 애 엄마가 우리 진료소로 데려온 거야."

"그렇구나……."

올가 씨의 양손에 초록색 마력이 모여들었다.

"오오……."

무심코 감탄이 흘러나와 버렸다.

올가 씨의 치유마법은 투명함이 남아 있으면서도 짙은 초록빛을 내뿜고 있었다.

똑같은 마법을 쓰는 나이기에 알 수 있었다. 저 치유마법은 마력의 농도가 나랑은 전혀 달랐다.

올가 씨가 양손에 모인 마력을 아이의 복부와 머리로 가져갔다.

그러자 그 두 지점에서 파도처럼 치유마법이 퍼져 아이의 몸을 덮었다.

굉장히 매끄러운 마력이었다. 나는 저렇게는 안 됐다.

몇 초 후, 올가 씨가 아이에게 내밀고 있던 손을 치우자—.

"이제 괜찮아."

"……정말이야. 속이 하나도 안 울렁거려! 다 나았어, 엄마!"

순식간에 나아 버렸다.

"굉장하다……."

조금 전의 쇠약했던 모습과는 딴판으로 아이는 건강해 보였다. 아이 엄마는 올가 씨에게 몇 번이나 머리를 숙였다.

올가 씨는 난처한 표정을 짓고 있지만, 완벽한 치유마법이었다. 그 섬세함은 도저히 흉내 낼 수 없을 것 같았다.

엄마와 아이를 배웅하고 진료소 안으로 돌아온 올가 씨는 상쾌한 웃음을 내게 보냈다.

"안녕, 우사토 군."

"안녕하세요. 방해해서 죄송합니다……."

"네가 여기 와 줘서 기뻐. 우루루는 제대로 인사했지?"

"정말~ 제대로 했어! 아, 우사토 군, 서서 얘기하기도 뭐하니 앉아."

우루루 씨가 권해서 나무 의자에 앉았다. 테이블을 가운데 두고 마주 보는 형태로 올가 씨와 우루루 씨도 앉았다.

"단장님의 편지를 가져와 줬구나. 고마워."

"아뇨, 저도 언제 한번 여기 와 볼 생각이었으니까요."

실제로 오길 잘했다. 올가 씨의 치유마법을 볼 수 있었던 것이 오늘의 가장 큰 수확일지도 모른다.

혹시 로즈는 내게 이걸 보여 주고 싶었던 걸까?

"있지있지, 우사토 군! 구명단 사람들은 어떻게 지내?"

"통 일행이요? 특별히 차이 없을걸요?"

"그렇구나. 그 사람들은 변함없을 것 같긴 해~. 아! 그럼……."

우루루 씨가 잇따라 던지는 질문에 쓰게 웃으면서도 대답하는 가운데, 방관하던 올가 씨가 갑자기 말을 걸어왔다.

"우사토 군, 다음에 여기 일하러 오지 않을래?"

"예?"

"정말이지, 무슨 소리야, 오빠! 우사토 군은 로즈 씨의 훈련으로 바쁜걸!"

"하하하, 역시 그런가~?"

의외로 나쁘지 않을지도 모른다.

올가 씨의 마법을 보고 공부하는 건 좋은 생각일 것 같다.

하지만 훈련이 있으니 말이지……. 로즈에게 부탁하면 하루 정도 허가가 나오려나?

"그러고 싶은 마음은 굴뚝같지만, 그 부분은 단장님한테 물어봐야 알 수 있어서요."

"긍정적인 대답을 기대할게. 우리도 둘이 꾸려나가려니 꽤 힘들어서……."

"오빠는 너무 허약해~."

"하하하, 가차 없네."

사이좋은 남매구나. 형제가 없는 내게는 부러운 광경이었다.

그러고 보니 올가 씨는 로즈의 훈련을 쫓아가지 못한 모양이지만, 우루루 씨도 그런 걸까? 지금까지의 이야기를 들어 보면 그녀도 치유마법사일 텐데…….

"우루루 씨는 왜 훈련을 단념한 건가요?"

"응~? 오빠만큼은 아니지만 나도 다른 사람을 고치는 쪽으로 능력이 특화되어 있거든. 하지만 최종적으로 단념하자고 생각한 건—."

우루루 씨는 쓰게 웃으며 머리를 긁적이는 올가 씨를 검지로 척 가리키며, 손이 많이 가는 아이를 바라보는 엄마의 표정을 지으면서 탄식했다.

"오빠가 걱정됐기 때문이야."

"하, 하하…… 면목 없어."

마치 우루루 씨가 누나 같았다.

그 후, 살짝 잡담을 나눴더니 어느새 점심시간이 되었다. 같이 먹자는 제안을 받았으나 그렇게까지 신세 질 수는 없어서 거절했다.

"그럼 또 보자, 우사토 군."

"또 와~."

"네, 오늘은 감사했습니다."

올가 씨와 우루루 씨의 배웅을 받으며 진료소를 뒤로했다.

줄곧 훈련만 했는데 가끔은 휴일도 나쁘지 않네. 실로 평화로워. 이렇게 평화로워도 되는 걸까? 돌아가면 훈련 안 했다고 혼나는 거 아니지? 그렇게까지 불합리하지는 않겠지?

***

진료소를 나온 후, 노점을 둘러보며 어슬렁어슬렁 걸었다.

"뭐 좀 사 먹을까…… 아, 나 돈 없지."

일단 숙소로 돌아갈까.

발길을 돌려 숙소 쪽으로 걸어가려 했을 때, 갑자기 누군가가 내 팔을 붙잡았다.

"……?!"

팔을 붙잡은 것은 진료소에 들어가기 전에 봤던 여우 수인 소녀였다.

수인 소녀는 내 눈을 바라보며 작은 목소리로 말을 꺼내기 시작했다.

"……보인 건 당신뿐. 그러니 이건 당신이 고를 수 있는 미래."

"무슨……?!"

순간, 시야가 지지직거리듯이 암전했다.

한없이 펼쳐진 평원.

왕국군 기사들.

무기를 든 거무스름한 피부의 아인들.

새까만 갑옷을 입은 사람의 모습.

피웅덩이로 가라앉는 카즈키와 이누카미 선배.

백일몽처럼 시야 전체에 펼쳐진 환각을 보고 나는 무심코 머리를 감싸 안았다. 너무나도 현실적인 최악의 광경이 눈앞에 펼쳐졌기 때문이다.

메스꺼움을 필사적으로 억누르는 가운데 시야가 원래대로 돌아와서 보니 수인 소녀도 나와 마찬가지로 머리를 누르고 있었고 이마에 땀이 맺혀 있었다.

나와 시선이 마주치자 소녀는 작게 입을 움직여 뭐라고 중얼거렸다.

"……이건 아주 큰 빚, 당신은 은혜를 갚을 의무가 있어."

빚이라니……?

시야가 기우뚱 흔들려 넘어지려고 하자 눈앞의 소녀가 손을 내밀었다. 그 손을 보고 나는 말로 표현할 수 없는 공포를 느꼈고—.

"아, 아아아아아아아아아아아아아아아!"

절규했다. 소녀의 손을 힘껏 뿌리치고 온 힘을 다해 달렸다.

한 번도 돌아보지 않고 숙소로 돌아온 나는 이불을 뒤집어쓰고 조금 전에 봤던 너무나도 현실감 있는 광경을 잊으려 애쓸 수밖에 없었다.

"정말이지, 어떻게 된 거야……."

한동안 침대에 누워 있어도 그 여우 소녀가 보여 준 이미지가 머리에서 떠나지 않았다.

그 소녀는 내게 뭘 전하고 싶었던 거지? 은혜를 갚을 의무가 있다고? 무슨 은혜를 강요하는 거야?

수인 중에는 특수한 능력을 가진 자가 있다고 로즈가 말했었다. 그렇다면 그 소녀의 능력은 타인에게 환각을 보여 주는 걸까. 아니면…….

"미래를 보여 줬어……?"

그런 일이 가능한가? 불가능하다고 단언할 수는 없었다.

하지만 왜 내게 그걸 보여 줬지? 그 광경은 정말로 미래인가?

그렇다면 카즈키와 이누카미 선배는…….

"안 돼!"

크게 한숨을 쉬며 다시 침대에 드러누웠다.

도저히 영문을 알 수 없어서 짜증이 나기 시작했다.

왜 멋대로 지운 빚 때문에 이렇게 고민해야 하는 거야.

그냥 간단하게 그 애한테 직접 물어보는 편이 좋지 않을까?

"응, 일단 붙잡아서 얘기를 듣자."

그렇게 정해졌으면 바로 행동개시다.

"어디냐, 로리 여우!"

나는 바람이 되었다.

사고가 약간 변태적으로 된 것은 그 여우 소녀를 향한 원망과는 관계없다. ……아마도.

우선은 팔을 붙잡혔던 장소로 향했다.

지금 나는 무시무시한 형상으로 마을을 달리는 변질자로 보일 것이다. 하지만 마을 주민들은 전혀 신경 쓰지 않는 모습이었다. 훈련복이라는 기행 허가증을 걸치고 있기에 오히려 평범하게 있으면 이상하게 여겨졌다.

“없어!”

오늘 소녀와 만났던 곳에는 없었다.

다음은 맨 처음 여우 소녀를 발견했던 노점. 그 가게라면 누군가에게 이야기를 들을 수—.

“닫혀 있어!”

애초에 영업조차 안 하고 있어, 불찰이다!

다음은 뒷골목!

“너무 넓어서 모르겠어?!”

나는 바보인가!

하지만 어디를 찾아도 여우 소녀는 없었다.

길 가는 사람에게 물어봐도 모른다는 말들뿐…….

게다가 나와 눈을 맞추지 않는 것에 괜히 상처받았다.

어쩔 수 없지. 큰길은 대강 다 찾았으니 최후의 장소로 향하자.

“왕국 밖으로 가는 문에…….”

물론 기대는 안 하지만 말이야.

"여우 수인 같은 건 여기 안 왔어."

"역시 그렇겠죠~."

그렇게 쉽게 풀릴 리가 없다는 건 알고 있었다고.

문지기 토마스 씨의 말을 듣고 나는 어깨를 떨군 채 터덜터덜 마을 쪽으로 걷기 시작했다.

"결국 아무런 정보도 못 얻었어……."

그렇게나 찾았는데도 발견하지 못하다니…….

마을 안에서 낼 수 있는 최고 속도로 뛰어다니며, 찾을 수 있는 곳은 전부 찾았는데.

설마 미래를 예지해서 내 추적으로부터 도망치고 있다거나?

"그런 바보 같은 일이 있을 리 없나……."

"뭐가 있을 리 없다고?"

"흐약?!"

등 뒤에서 귀신 단장의 목소리가 들렸다.

벌써 돌아와 계셨군요…….

천천히 돌아보니 어째선지 모래 먼지를 뒤집어쓴 로즈가 있었다.

……뭐라고 말하면 좋을까, 일단 한마디—.

"모래도 달라붙는 좋은 단장이란 바로 이런 거군요!"

"호오, 칭찬해 주다니 기쁜데? 상판대기 내밀어 봐, 으스러뜨려 주마."

얼굴이…… 터진다?!

안면을 아이언 클로우[#4]로 잡혀서 허공에 들렸다.

정말 죄송합니다. 그러니 그만해, 나오면 안 될 무언가가 나와 버려.

내가 도망치려고 버둥거리자 한숨을 쉰 그녀는 얼굴을 붙잡은 손을 탁 놓았다.

"성에 보고할 게 있다. 따라와."

"정말이지, 마음대로 하세요."

아이언 클로우에서 해방되었지만 그대로 포로처럼 옆구리에 끼워졌다.

가볍게 휙 들어 올리는 이 느낌, 제가 무슨 인형입니까?

"그런데 넌 이런 데서 뭐 하고 있던 거야?"

"아~ 사람을 찾고 있었어요."

"……뭐?"

"그 간격은 뭐죠? 뭐, 아무튼…… 찾고 있던 건 여우 귀 수인 소녀예요."

"아아, 그 수인인가. 네가 영문 모를 소리를 했을 때 봤던……. 그 아가씨는 왜?"

"그 애에 관해 뭔가 알고 계세요?"

"2년 전에 혼자 불쑥 이 나라에 온 아가씨야. 이제 막 열두 살이 된 수인 아가씨가 혼자 왔다는 것에 깜짝 놀랐지만…… 그뿐이지."

열두 살짜리 수인 아이가 혼자서 도적과 노예 상인을 피해 이 나라에 왔다고?

#4 아이언 클로우 손의 악력으로 상대의 안면을 잡아서 꽉 조여버리는 레슬링 기술.

그게 정말이라면 그 여우 소녀 엄청나잖아! 붙잡을 자신이 없어졌어.

"남의 취향에 참견하는 취미는 없지만…… 그, 웬만하면 관둬라."

"지금 자상한 일면을 보여줘도 오히려 곤란합니다만……."

좀처럼 볼 수 없는 연민의 눈길이 따갑다! 평상시의 로즈로 돌아와! 이렇게 자상한 건 로즈가 아니야! 그보다 난 로리콤 아니라고!

정신적으로 녹다운되면서도 나는 로즈에게 들려 성으로 끌려갔다.

***

로즈는 나를 옆구리에 낀 채 임금님이 있는 홀에 들어갔다.

나를 들고 있는 느낌이 어지간히 마음에 들었는지 내려 줄 기미가 전혀 없었다.

임금님도 눈이 휘둥그레졌어.

"로즈? 왜 우사토를……."

"보고합니다. 경계선 부근에서 마왕군의 진격을 확인했습니다."

"역시 와 있었나! 마왕군의 진군 상황은?!"

왜 로즈가 모래 먼지를 뒤집어쓰고 있나 했더니 혼자 정찰 갔던 건가?

그런데 마왕군이 다가오고 있다고 하는데도 도저히 현실감이 들지 않았다.

"아무래도 강을 건너기 위해 다리를 급조하고 있는 것 같아서 완성하기 전에 부숴 뒀습니다. 이걸로 며칠은 시간이 벌렸을 겁니다."

"자, 잘했네……."

이 사람, 정찰의 뜻을 알고 있는 걸까…….

임금님도 표정이 경직됐다.

하지만 굉장해. 역시 우리 단장님이야.

"내일 백성들에게 마왕군 침공을 알리겠다. 오늘은 정말로 고생했네. 위험한 일을 시켜서 미안하군."

"신경 쓰지 마십시오. 그럼—."

그렇게 말하고 로즈는 홀을 떠났다.

그녀와 함께 나도 당연하다는 듯이 나갔다. 여전히 로즈의 옆구리에 끼어 있으니 말이지.

"전쟁이 시작되기 전에 너한테는 여러 가지 전달해야 할 주의 사항이 있다."

"주의 사항이요?"

"그래, 중요한 거야. 숙소에서 말해 주마."

전달해야 할 주의 사항이란 게 뭘까…….

"단장님."

"왜."

"슬슬 내려 주세요."

"……깜박하고 있었어."

그건 너무하다고 생각해요.

일단 내 방으로 돌아가서 잠시 시간을 두고 로즈가 있는 단장실로 향했다.

단장실이 있는 곳은 2층의 가장 안쪽.

한 번도 찾아간 적은 없지만, 훈련하지 않을 때 그녀는 늘 거기 있었다.

단장실 앞까지 가서 문을 두드렸다.

"실례합니다, 우사토예요."

"들어와."

방 안에서 울린 목소리를 듣고 문을 열어 방으로 들어갔다.

안은 생각보다 깔끔하게 정돈되어 있었다. 책꽂이에는 다양한 분야의 책이 꽂혀 있었고, 책상 위에는 서류가 겹겹이 쌓여 있었다.

로즈는 그 책상에 팔꿈치를 대고서 의자에 앉아 있었다. 그녀의 머리카락이 젖은 것을 보면 샤워라도 한 모양이었다. 모래 먼지가 엄청 달라붙어 있었으니 말이지.

"앉아."

로즈의 말을 듣고 책상 앞에 부자연스럽게 놓인 의자에 앉았다. 대면하는 형태라 긴장이 됐다.

"네 역할은 기억하고 있나?"

"그게, 단장님과 마찬가지로 전방으로 나가서 부상자를 치료하면 되는 거죠?"

"그것에 관해 자세히 말하겠다. 우선 싸움 초반에는 너랑 나는 전방에 나가지 않는다. 올가와 우루루까지 더해 치유마법사 네 사람이 있는 거점으로 통이랑 다른 녀석들이 부상자를 옮기고, 그들을 치유하는 것부터 시작할 거야."

"왜 처음엔 안 나가는 건가요?"

"부상자가 없는 초반에 치유마법사가 뭐하러 나가. 전위도 혼란스러워지고, 적의 좋은 표적이 돼."

"확실히……."

거기까지는 생각하지 않았다.

초반에는 부상자도 그렇게 많지 않다. 치료해야 할 부상자가 없으면 우리 역할은 없는 것이나 마찬가지였다.

"그리고 전방에 나갈 때 가장 중요한 점이 있어."

"중요한 점이요?"

"그래. 이건 나한테도 할 수 있는 말이지만…… 도울 사람을 틀리지 마."

"……그건, 적을 살리지 말라든가 뭐 그런 뜻인가요?"

무슨 당연한 소리를 하는 걸까. 공격해 온 상대를 이유도 없이 살리다니 의미를 알 수 없다.

"멍청아, 전혀 아니야. 내 말은 부주의하게 부상자를 고치지 말라는 거다."

"그건…… 무슨 뜻인가요?"

"예를 들어 경상을 입었지만 전투를 이어가고 있는 아군이 있다고 하자. 만약 네가 그 녀석을 도우려고 조심성 없이 다가가면 어떻게 되겠어?"

"……방해되겠죠."

"그게 이유야. 전장에서는 적과 아군이 뒤섞여 있다. 고쳐야 할 상대가 누구인지를 빠르게 판단해."

그렇군, 아군을 방해하지 않도록 주의하며 지원해야 한다는 건가…….

그런데 뭐랄까, 평상시 로즈가 아닌 것 같았다.

성에 들어가기 전에도 그랬지만 뭔가 평소보다 가시가 없는 느낌이었다.

대체 어떤 심경의 변화일까. 아니면 안심시켰다가 단숨에 후려치는 작전인가…….

응? 뭔가 날아—.

"우왓!"

"그게 구명단 정장이다. 한번 입어 봐."

"예……?"

던져진 것은 백의와 닮은 코트 같은 옷으로, 고급 가죽처럼 매끄럽고 튼튼한 원단이었다. 오른쪽 가슴 부분에 구명단의 상징인 빨간 꽃 자수가 놓여 있었다. 이건 로즈가 늘 입고 있는 것과 똑같은 옷?

"그건 전선에서 눈에 띄도록 만든 전용 옷이다. 튼튼하면서 물과 오염도 막는 뛰어난 물건이지. 그걸 네게 주마."

"가, 감사합니다."

왠지 살짝 기뻐졌어.

소매에 팔을 꿰고 앞쪽 단추를 잠갔다.

의외로 가볍고 움직이기 편했다. 게다가 착용감도 좋았다.

“호오, 꽤 그럴듯한데……. 지금까지 단련한 보람이 있어.”

“……?!”

이 사람, 어느새 근처에……! 발소리조차 안 들렸다고.

갑자기 로즈가 내 뺨에 손을 댔다.

저항하지도 못하고 속박당한 것처럼 몸이 움직이지 않았다.

공포심이 아니라 어떤 의무감 같은 것이 내 의사를 무시하고 몸을 구속했다.

“치유마법사라고 해서 불사신은 아니야. 죽어 버리면 그걸로 끝이지. 알겠나? 우사토. 전장에서 네가 가장 해선 안 되는 일은 자기 목숨을 소홀히 하는 거야.”

“그건 알고 있어요. 저도 죽고 싶지는 않으니까요.”

“넌 바보냐.”

“아얏?!”

난데없이 딱밤 맞았다!

너무나 큰 충격과 아픔에 이마를 누르고 몸을 뒤로 젖힐 뻔했지만, 옷깃을 잡아당긴 로즈가 뺨에 손을 대서 억지로 시선을 맞추게 했다.

“입으로는 무슨 말이든 할 수 있어. 나는 그런 헛소리를 하고서 죽은 녀석을 알고, 그것 때문에 죽을 만큼 후회한 바보도 알아.”

“단장님…….”

어째선지 그녀의 눈을 직시할 수 없었다.

그녀의 입에서 나오는 말은 몹시 무거웠고, 그리고 슬프게 들렸기 때문이다.

"자기 목숨을 값싸게 보지 마. 네 녀석의 목숨도 지켜야 구명단이다. 자기희생 같은 하찮은 흉내를 낸다면 적한테 죽기 전에 내가 죽여 버릴 테니까."

자기희생 같은 건 나와는 어울리지 않는 말이었다.

하지만 만약 눈앞에서 카즈키와 선배가 그 환각처럼 죽을 지경에 처한다면 나는 어떻게 행동할까.

내 목숨도 돌아보지 않고 도우러 갈까, 아니면 목숨이 아까워서 도망칠까.

어느 쪽이든 싫었다.

"그럼 제 목숨을 포함해서 모두를 살리겠어요."

"네가 할 수 있겠어?"

"이상론을 떠들라고 한 건 단장님이잖아요?"

시선을 맞춘 채 몇 초간의 침묵—.

픽 웃음을 흘린 로즈가 나를 놓았다.

"방금 그 말 잊지 마."

"네!"

단복의 옷깃을 가다듬고 대답했다.

이 사람의 훈련은 지옥이었으나 여러 가지를 가르쳐 주었고 깨닫도록 했다.

본인에게는 부끄러워서 절대로 말할 수 없지만, 로즈가 이끄는

구명단에 소속된 것이 자랑스러웠다.

아, 하지만—.

"단장님이라면 정말로 제가 살해당하기 전에 때려죽이러 올 것 같네요……."

"시끄러워."

다음 순간, 나는 강렬한 박치기를 먹고 시야 가득 떠다니는 별을 보게 되었다.

그 엄청난 위력에 의식이 흐려지는 가운데, 마지막으로 보인 것은 어째선지 기쁘게 웃으며 상처 난 오른쪽 눈을 누르는 로즈의 모습이었다.

＊＊＊

"……역시 로즈는 너무해!"

『우왓?!』

"……어라?"

깨어나니 그곳은 내 침대였다. 옆에는 코 골며 자는 통이 있었다.

벽에는 로즈에게 받은 단복이 걸려 있었다.

혹시 나를 여기로 옮긴 건 로즈인가?

"끄으응, 그 박치기는 괜히 쑥스러워서 그런 건가……? 그러고 보니 아까 누군가의 고함이 들린 것 같은데……."

『윽, 우사토~.』

창문 쪽에서 목소리가 들렸다.

여긴 2층이라고. 이런 곳에 사람이 있을 리—.

『여기 좀 봐 줘~.』

"카즈키?!"

나도 모르게 가성으로 소리를 질러 버렸다.

창문을 들여다보니 카즈키가 손잡이에 달라붙어 있었다.

왜 카즈키가 이런 곳에 있는지는 모르겠지만 나는 신발을 신고 뛰어내렸다.

"왜 내려가는 거야?!"

"왜 올라온 거야?!"

통이 있는 방에 카즈키를 들일 수는 없었다. 그리고 로즈가 깰지도 몰랐다.

이런 시간까지 깨어 있다는 걸 알면, 악마도 울며 용서를 구할 벌을 받게 된다…….

땅으로 내려온 카즈키를 데리고 숙소에서 떨어진 곳으로 이동했다.

달빛이 밝아서 걷는 것은 문제없었다.

"그래, 이런 밤중에 무슨 일이야? ……서, 설마, 내게 그런 취미는 없어!"

경계하는 나를 보고 카즈키는 고개를 갸우뚱했다.

"무슨 소리야? 우사토."

"미안, 내 마음이 썩어서 그래."

너는 너무 순수해! 이누카미 선배와는 천양지차야……!

아무튼 느긋하게 이야기할 수 있도록 훈련장으로 이동했고, 땅바닥에 앉아 카즈키의 이야기를 듣기로 했다.

"……아까 말이지, 마왕군과의 싸움이 시작된다고 임금님한테 들었어."

"응."

임금님도 전하는 게 빠르구나.

이누카미 선배는 둘째 치고, 카즈키가 불안하게 생각하는 것도 어쩔 수 없었다.

"선배는 살짝 당황했지만 이내 씩씩해졌어. 하지만 난 싸움 생각이 머릿속을 떠나지 않아. 그래서 잠이 안 와서……. 정신을 차리고 보니 성을 빠져나와 어째선지 널 찾아와 있었어."

"……."

"난 도망쳐 버린 거야……. 우사토, 나는……."

달빛이 이쪽을 돌아본 카즈키의 얼굴을 비추었다.

평소에 늠름한 미남인 그의 표정은 어딘가 연약했다.

"싸우는 게 무서워."

카즈키의 입에서 나약한 말이 튀어나왔다.

그렇게 반응하는 것도 당연하겠지. 우리는 원래 세계에서 지극히 평범한 고등학생이었으니까.

"왕국 밖으로 훈련하러 가서 처음으로 몬스터와 싸웠을 때, 사실은 무서웠어. 처음 보는 몬스터를 앞에 두고 몸이 굳어 버릴 뻔했어."

"……."

"필사적으로…… 필사적으로 저항해서 공격해 오는 몬스터를 쓰러뜨렸을 때, 나는 내가 얼마나 이 세계를 낙관적으로 보고 있었는지 깨달았어."

카즈키는 이누카미 선배와 달리 감수성이 너무 풍부했다.

이누카미 선배는 이 세계를 순순히 받아들였지만, 카즈키는 필요 이상으로 이것저것 생각하고 마는 것이다.

"마왕군도 나를 죽일 작정으로 공격해 오겠지. 그게 참을 수 없이 무서워. 하지만, 겁먹고 움츠러드는 내게 이 왕국 사람들은 다정하게 대해 줬고, 응원해 줬고, 기대해 줬어. 그게, 괴로워……."

용사이기에 느끼는 고뇌였다.

용사라는 이유만으로 사람들은 선망과 존경의 눈으로 바라보며 떠받든다.

그것이 카즈키에게 부담을 주고 있었다.

"카즈키, 나는 갈 거야."

"……어?"

"마왕군과 싸우는 사람들을 살리러 갈 거야."

카즈키는 망설이고 있었다.

주위의 기대와 자신의 진짜 마음, 어느 쪽을 우선해야 할지—.

스스로는 답을 내릴 수 없어서 내게 답을 구하고 있었다.

하지만 내가 할 수 있는 말은 아무것도 없었다.

무리하면서까지 싸우기를 원하지는 않지만, 내가 그런 말을 하는 것은 너무나도 무책임했다.

그러니 이건 카즈키가 결정해야 할 일이었다.

"무섭지, 않은 거야?"

"그야 무진장 무서워. 하지만 정했으니까."

"정했다니…… 그걸로 좋은 거야? 죽을지도 몰라! 너는 우리 사정에 말려들었을 뿐인데, 싸우러 간다니 이상하잖아……."

이누카미 선배도 내게 경멸받을 각오로 이세계에 소환됐을 때의 심정을 토로했지만, 카즈키도 나를 끌어들였다는 죄책감 같은 것을 가지고 있는 듯했다.

정말이지, 두 사람은 날 너무 신경 쓴다고.

"난 이 세계에 휘말리고서 이런저런 경험을 했어."

"……."

"힘든 일도 많았지만 그만큼 여러 사람과 만났어. 그저 휘말렸을 뿐인 나를 받아들이고 길을 제시해 줬어. 그런 사람들을 돕고 싶다고 생각한 거야."

그렇기에 나는 구명단으로서 전장에 나간다.

"물론 그중에는 너도 있어."

"뭐……?"

"당연하잖아. 네가 용사로서 싸우든 안 싸우든, 친구라는 점은 변함없으니까."

나만 친구라고 생각하는 거 아니지……?

살짝 불안을 느끼면서도 옆을 보자 카즈키는 가만히 고개를 숙이고 있었다.

무언가를 참듯 손을 떠는 그를 조마조마한 마음으로 보고 있으니, 갑자기 카즈키가 얼굴을 들고 자기 뺨을 때리기 시작했다.

"읏!"

"카, 카즈키?!"

"나 진짜 꼴사납네!"

그렇게 말하며 카즈키는 이쪽을 돌아봤다. 힘껏 때린 탓에 그 뺨은 빨갛게 부어 있었다.

약간 어색해하는 나를 보고 카즈키는 평소처럼 상쾌하게 씩 웃었다.

"결정했어. 난 우사토와 선배를 지키기 위해 싸우겠어!"

"뭐?!"

"아직 이 세계에서 용사로서 싸울 수 있을지는 모르겠어. 하지만, 그래도 나는 싸울 거야. 친구를…… 우사토를 돕고 싶어."

내가 카즈키를 도우려고 했는데, 카즈키는 날 도우려는 거야?!

"자, 잠깐. 내가 말하는 것도 좀 그렇지만, 카즈키 넌 그걸로 좋은 거야?"

"우사토가 싸우겠다고 각오했는데, 겁먹고 있을 때가 아니잖아. 냅다 달릴 수밖에 없어. 공포든 뭐든 전부 싸잡아서 맞서 주겠어!"

"……괜찮은 거야?"

"선배랑 우사토와 함께라고 생각하니 뭔가 굉장히 든든해졌어. 그러니까 괜찮아!"

"……그래."

자연스럽게 미소 지으며 나도 카즈키를 마주보았다.

"그럼 같이 지키자. 이 나라를, 이 나라의 모두를."

"그래!"

카즈키와 마주 웃다가 문득 제정신으로 돌아왔다.

분위기에 휩쓸렸다고는 하지만 굉장히 민망한 대사를 말해 버렸다.

어쩐지 몹시 창피해져서 시선을 돌리려고 하자 카즈키가 쑥스럽다는 얼굴로 뺨을 긁적이며 입을 열었다.

"너랑 만나서 정말 다행이야. 고맙다."

"어, 으응……."

으아, 엄청 멋쩍어.

얼굴 보면서 이런 말 듣는 것에 익숙하지 않다 보니 카즈키의 올곧은 말에 낯간지러워졌다.

넉살 좋게 그런 말을 할 수 있는 것이 카즈키의 좋은 점이지만, 막상 듣는 입장이 되니 부끄러워……!

이런 건 전혀 내 캐릭터가 아니야! 나는 좀 더 드라이한 캐릭터였던 것 같은데!

"헤헤, 이만 성으로 돌아갈게. 깨워서 미안했다."

"으, 응."

"그럼 잘 자!"

달빛이 비추는 길을 뛰다시피 돌아가는 카즈키.

그 등은 무척 늠름해 보였다.

그의 모습이 보이지 않게 될 때까지 지켜본 후, 크게 하품하며 숙소를 향해 걷기 시작했다.

"가서 자자. 응, 그러자."

아까 그 민망한 대사도 포함해서 잠으로 잊어버리자.

"이야~ 이게 남자의 우정이란 건가. 좋은 걸 봤어."

그때 등 뒤에서 목소리가 들렸다.

하지만 목소리 주인이 누구인지는 알고 있기에 돌아보지 않았다.

"죄송해요. 졸리니까 내일 해주시면 안 될까요? 이누카미 선배……."

"……어라? 반응이 이상하지 않아? 여기선 『왜, 왜 스즈네 선배가 여기 있는 거죠?!』라든가 『우와아아아! 스즈땅이다아아?!』라고 소리쳐야 하는 장면 아니야?"

"선배를 부르는 제 호칭을 멋대로 바꾸지 말아 주세요……. 어차피 선배라면 카즈키의 모습이 이상하다는 걸 알아채고 있었겠죠."

정말이지, 있었으면 처음부터 나오면 될 것을…….

뭐, 어떤 의미에서 눈치 있게 배려한 거겠지만.

"우, 우사토 군, 어쩐지 나에 대한 태도가 냉담하다? 내가 뭔가 화낼 만한 일이라도 한 거야? 말해 줘, 당장 고칠 테니까."

"왜 그렇게 필사적인 거예요……. 선배도 성으로 돌아가는 게 어때요?"

"……너무 매정하게 굴면 슬슬 울 거야."

"농담도 참~."

선배가 울다니 상상도 안 가.

실제로 운다면 넙죽 엎드려 사과할 생각이지만, 운다고 스스로 말하는 동안에는 괜찮겠지.

내 옆으로 이동한 선배는 달을 올려다보며 감개 어린 목소리로 중얼거리기 시작했다.

"카즈키 군도 털어 낸 모양이네."

"솔직히 싸우지 않았으면 좋겠다는 마음은 있었어요."

싸우고 싶지 않다면 싸우지 않아도 되지 않나.

왜 굳이 죽을지도 모르는 곳에 가야 하는가.

그렇게 생각하며 카즈키가 달려간 방향을 보고 있으니, 무슨 생각을 했는지 이누카미 선배는 내 어깨에 손을 올려 정면으로 마주 보게 했다.

"우사토 군은 나도 싸우지 않길 원해?"

"그야 그렇죠. 하지만 선배와 카즈키는 달라요."

"……응, 그러네."

이 세계에서 고뇌하는 카즈키와 원래 세계에 돌아갈 마음이 없는 선배는 생각도 마음가짐도 달랐다.

내가 참견하더라도 이누카미 선배는 생각을 바꾸지 않을 것이다.

"당신은 선배니까 후배를 너무 곤란하게 만들지 말아 주세요……."

"우우, 선배라는 건 관계없잖아."

"카즈키는 같은 반이고 친구예요."

"그럼 나도 친구야!"

"그러네요."

"가벼워?!"

따지는 이누카미 선배에게 등을 돌리고 숙소 쪽으로 걷기 시작했다.

뒤돌아보자 선배가 가만히 선 채 고개 숙이고 있었다.

너무 심했나? 만회해 둘까? 왠지 미안하고…….

"하지만—."

"……우사토 군은 공략 난이도가 너무 높아. 좀 더 데레를 보여줘도…… 응? 방금 뭔가 말하려고 했어?"

"……아무것도 아닙니다."

"그, 그래. 나도 슬슬 성으로 돌아갈게. 잘 자."

"……안녕히 주무세요."

이누카미 선배는 대체 나를 어떻게 하고 싶은 걸까. 진심으로 신경 쓰인다.

***

다음 날, 마왕군 침공 소식이 임금님 본인의 입을 통해 왕국 전체로 퍼졌다.

병사들은 몸을 긴장시켰고 국민들은 불안해했다.

마왕군을 상대하기 위해 임금님이 낸 작전, 그것은 평원 지대에서 요격하는 것이었다.

이른 아침 로즈에게 들은 것인데, 왕국군단장 시구르스 씨의 지휘하에 용사인 카즈키와 이누카미 선배 두 사람을 선두로 한 왕국군이 마왕군과 맞선다고 한다.

임금님의 선언 후, 로즈의 호출로 구명단원 모두가 식당에 모였다.

우루루 씨는 숙소에 오는 것이 오랜만인지 반갑다는 얼굴로 주위를 둘러보았다.

그러다 내 모습을 보고 상냥하게 웃으며 작게 손을 흔들었다.

……어떻게 반응해야 하는 걸까.

"다들 오랜만이야~."

무섭지도 않은지 통 일행에게 선뜻 인사하는 우루루 씨. 평범한 여자라면 비명을 지르며 도망칠 만큼 험악하게 생긴 집단인데, 굉장한 사람이네.

그보다 이 사람이 통 일행과 같은 공간에 있으니까 세계가 달라 보였다.

"다 모였군, 얘기를 시작한다."

이번 전쟁에 관한 이야기일까?

올가 씨와 우루루 씨도 오전 중에 임금님으로부터 이야기를 들은 것 같고 말이지.

"알고 있겠지만 마왕군이 오고 있다. 뭐, 지금은 필사적으로 다리를 재건하고 있겠지만 온다는 사실은 변함없지."

당신이 부쉈으니 말이죠.

어떻게 하면 혼자서 다리를 부술 수 있는 걸까?

"이틀 후, 왕국군은 평원으로 진군한다. 구명단도 그때 동행하여 거기서 진지를 구축한다."

"""네!"""

""""예이!""""

역시 이 녀석들, 대답이 이상해. 올가 씨와 우루루 씨의 목소리가 묻혀 버리잖아.

"특히 우사토와 우루루는 첫 전쟁이다. 긴장을 늦추지 마."

우루루 씨는 저번 전쟁에 참가하지 않았던 건가……. 그럼 올가 씨 혼자 후방에서 부상자를 고쳤던 걸까?

그것으로 로즈의 이야기는 끝났고 해산하게 되었다.

"어이, 올가. 할 얘기가 있어."

"네, 알겠습니다."

식당을 나갈 때 로즈가 올가 씨를 불렀다.

뭔가 복잡한 이야기 같아서 곧장 나가려고 했는데, 갑자기 우루루 씨가 내 팔을 붙잡았다.

돌아보니 활짝 웃고 있었다.

"왜, 왜 그러시나요……."

"나 심심해."

"심심, 한가요?"

"우사토 군, 새끼 블루 그리즐리를 데리고 마을을 달렸다고 들었어."

"그런데요."

"보고 싶다~."

"그……."

"분명 귀엽겠지~."

"흉포해서……."

"……."

"……이쪽입니다."

"고마워!"

나 너무 약해! 이누카미 선배라면 어떻게든 얼버무릴 수 있는데……. 이누카미 선배와 동갑일 텐데 전혀 느낌이 달라! 큭, 이 아가씨 꽤 하는군!

생글생글 웃는 우루루 씨를 데리고 블루링이 있는 마구간을 찾았다.

마구간 안에는 한가하게 뒹굴며 하품하는 새끼 곰이 한 마리 있었다. 살짝 몸집이 커진 것 같아……. 이 녀석, 슬슬 본격적으로 운동시켜야겠네.

눈을 반짝인 우루루 씨는 조심성 없이 블루링에게 다가가 팔을 벌렸다……?!

"귀여워~!"

"앗, 위험해요!"

아니지, 이누카미 선배라면 모를까 상대는 우루루 씨다. 이누카미 선배 같은 흑심 없이, 순수한 비호의 마음으로 대한다면 블루링도 나와 수위(와 로즈) 외에도 접촉을 허락하리라 생각하지만—.

"크오!"

"헤윽?!"

"우루루 씨?!"

파리라도 쳐 내는 것처럼 블루링은 우루루 씨를 짚더미 위로 후려쳤다.

블루링, 너…… 얼마나 예상을 뛰어넘는 거야.

허둥지둥 우루루 씨를 짚더미에서 끄집어내자 그녀는 충격 받은 표정으로 내 어깨를 콱 잡았다.

블루링도 적당히 조절했는지 다치지는 않은 듯하지만 어쩐지 울먹이는 것처럼 보였다.

"……우사토 군."

"어, 예……."

"네가 만져 봐."

"알겠어요. 그러니 어깨에서 손을 떼 주세요."

손톱이…… 손톱이 파고들어서 아파요. 얼마나 분한 건가요, 우루루 씨.

우루루 씨의 재촉에 블루링한테 손을 뻗어 평범하게 쓰다듬었다.

"됐죠?"

"그, 그럼 나도!"

"크앙!"

즉각 우루루 씨의 손을 쳐 내는 블루링.

갈 곳을 잃은 오른손을 멍하니 바라본 우루루 씨는 눈물을 글썽거리더니 얼버무리듯 머리를 긁적였다.

우리 블루링이…… 죄송합니다.

낙심하는 우루루 씨의 어깨에 낯익은 검은색 작은 동물이 폴짝 올라앉았다.

"쿠, 쿠쿠루……."

"뀨?"

로즈의 충실한 펫, 쿠쿠루. 내 순진한 마음을 가지고 논 몬스터였다.

설마했던 쿠쿠루의 등장에 우루루 씨가 기뻐했다.

"위로해 주는 거야……? 고마—."

뺨을 비비려는 우루루 씨의 움직임을 예측한 것처럼 쿠쿠루는 그녀의 어깨에서 내 어깨로 뛰어 넘어왔다.

"아……."

내 오른손에는 블루링, 오른쪽 어깨에는 쿠쿠루. 그리고 눈앞에는 멍하니 입을 벌리고 있는 우루루 씨.

침묵이 공간을 지배했다.

"크앙~."

"뀨~."

네놈들 입 다물어.

"우으……."

터지기 직전이다—!

황급히 쿠쿠루를 집어 들어 우루루 씨에게 내밀었다.

양손으로 쿠쿠루를 끌어안는 우루루 씨를 보고 안도의 한숨을 흘린 나는 이 자리에서 벗어나기 위해 그녀에게 제안했다.

"오, 오늘은 블루링의 기분이 안 좋네요~ 자! 밖으로 나가죠!"

"……."

우루루 씨는 쿠쿠루를 끌어안은 채 말없이 밖으로 나갔다.

아무튼 숙소를 향해 걸었다. 여전히 말이 없는 우루루 씨의 모습에 전율을 감출 수 없었다.

이 사람 뭐야, 아까랑 전혀 다르다고!

"저기, 우사토 군."

"햐……!"

갑자기 우루루 씨가 말을 걸어와서 무심코 비명 같은 소리를 내고 말았다.

"로즈 씨는, 무서운 사람이지?"

"갑자기 무슨 당연한 말을 하는 건가요."

"우사토 군도 꽤 신랄하구나……. 오빠랑 내가 구명단에 들어왔을 때, 그 사람은…… 무언가에 집착하듯 우리를 훈련시켰어."

"어떤 느낌이었는데요?"

"엄격했어. 그때는 구명단이 생긴 지 얼마 안 됐을 무렵이라, 들어오는 사람들 대부분이 로즈 씨의 엄격한 훈련을 견디지 못하고 도망칠 정도였어."

그건 예상이 갔다.

지금이야 익숙해졌지만 이곳 훈련은 정신적으로도 육체적으로도 힘들었다. 그것을 따라가지 못해 도망치는 사람이 있어도 이상하지는 않을 것이다.

“우루루 씨와 올가 씨는 어째서 여기에 들어온 건가요?”

“나랑 오빠는 로즈 씨의 권유를 받고 들어온 거야. 결국은 지원 역할이 돼 버렸지만, 처음에는 그 유명한 로즈 씨 밑에 들어가게 돼서 기쁘다는 마음이 가득했어.”

기뻐했던 건가.

그 후의 일을 생각한다면 절대로 그런 마음은 안 들 텐데.

“하지만 오래가지 못했어. 오빠가 훈련을 쫓아가지 못한 것도 있지만, 나 자신이 로즈 씨가 무서워졌거든.”

“지금도 충분히 무서운데요…….”

“확실히 지금도 무섭지만 예전만큼은 아니야. 지금 로즈 씨는 기뻐 보이는걸.”

기뻐 보인다니?

나라는 새로운 샌드백을 손에 넣어서 기쁜 건가? 나는 전혀 안 기쁜데.

“분명 로즈 씨는 우사토 군에게 기대하고 있어.”

“기대라니, 그런 거창한…….”

“거창하지 않아.”

우루루 씨는 진지한 표정으로 나를 바라봤다.

“우사토 군, 로즈 씨를 싫어하지 말아 줘. 무서운 사람이지만, 무척 자상한 사람이니까…….”

올가 씨에게도 비슷한 말을 들었다.

남매에게 똑같은 말을 들을 줄은 몰랐지만 내 대답은 변함없었다.

"원래부터 싫어하지 않았고, 앞으로도 싫어하지 않을 거예요."

내 말을 듣고 우루루 씨는 기쁘게 미소 지었다.

왜 그렇게 기뻐하는지 알지 못한 채 대화를 나누다 보니 숙소 입구에 도착했다.

입구 앞에서 쿠쿠루를 땅에 내린 우루루 씨는 내게로 몸을 돌렸다.

"내 생각에는 말이야, 우사토 군. 그 사람은 분명 쉽게 상처받는 성격이야."

"에이, 그건 아니죠."

"아하하, 즉답은 너무하지 않아?"

쉽게 상처받는다는 게 무슨 뜻이었더라…….

"애초에 그 사람은 진짜 인정사정없으니까요! 최근에는 아주 살짝 자상한 일면을 보일 때도 있지만, 그것도 가끔이니까요!"

"저, 저기~ 우사토 군?"

"숲에 던져졌을 때는 얼마나 고생했는지……. 숲에서 대기하고 있던 거에는 약간 감동했지만 그건 그거, 이건 이거죠! 그때는 정말로 죽는 줄 알았다고요! 게다가 그 모습으로 스물다섯 살이라니 오히려 놀랍지 않나요?! 좀 더 나이가 많을 줄 알았어요!"

"……명복을 빌게, 우사토 군."

왜 거기서 명복을— 응?

"아파! 아야야야야야!"

"아주 마음대로 말하는구나? 네놈에게는 한번 따끔한 맛을 보여

줘야겠어."

강렬한 힘이 내 머리를 잡고 들어 올려서 고통에 몸부림쳤다.

어느새 등 뒤에 있던 로즈를 곁눈질로 보니 그녀의 어깨에 쿠쿠루가— 또 너냐!

엄청난 아픔에 말도 못 하는 나를 내버려 둔 채 로즈와 우루루 씨가 이야기하기 시작했다.

"너무 구박하지는 마세요."

"그건 무리야. 올가가 안에서 기다리고 있어. 필요한 건 대강 녀석한테 전했으니 듣도록 해."

"네~. 그럼 안녕~ 우사토 군."

우루루 씨가 날 버렸어……?!

머리가 해방되고, 몸에 힘이 들어가지 않는 나를 옆구리에 낀 로즈는 이마에 핏대를 세운 채 숙소 안으로 나를 데려갔다.

또 이 자세인가……. 이제 그냥 마음대로 하라지.

제7화 구명단으로서!

현재 우리 구명단은 마차를 타고 평원 지대로 향하고 있는 중이다.

내 옆에는 마차를 모는 로즈, 마차 안에는 험악한 얼굴의 동료들과 올가 씨, 우루루 씨가 있었다.

그리고 마차 앞에서는 링글 왕국의 기사들이 대열을 이루어 나아가는 중이었다.

"저기, 왜 저는 단장님 옆에 앉아 있는 걸까요……."

"단순히 뒤쪽에 다 들어갈 수 없었을 뿐이야. 아니면 혼자 걸어오고 싶었나?"

"그런 건 아니지만."

마차 안, 그 좁은 공간에 그 험악한 면상들과 함께 있는 것은 괴롭지만, 시종 말이 없는 로즈 옆에 있는 것도 꽤 힘들었다.

몇 시간이나 이 분위기가 계속된다면 내 정신이 못 버틸 것 같으니 얼마 전부터 궁금하던 점을 물어보자.

"단장님은 마왕군과 싸우는 게 두 번째죠? 마족은 어떤 종족인가요? 인간과는 다르다는 이미지밖에 없는데."

"이형의 뿔을 가진 아인, 그게 마족이다. 겉모습은 인간과 가깝지만, 그 녀석들은 기본적으로 인간을 뛰어넘는 신체 능력과 마력을 가지고 있지."

"뿔……."

오니[#5] 같은 뿔일까?

"무서운가?"

"더 무서운 사람을 알고 있어서 전혀 문제없어요."

"하! 변함없이 건방진 말을 하는 애송이야."

확실히 당신이 보기에는 애송이겠죠.

죽고 싶지 않기에 입 밖으로는 꺼내지 않지만 말이지.

"내 훈련을 받은 주제에 무섭다고 했으면 지금 당장 마차에서 발로 차 떨어뜨렸을 거다."

고삐를 고쳐 쥔 로즈는 즐겁게 그리 말했다.

"용사 소환에 말려들었을 뿐인 네가 설마 이렇게 괴물 같은 변화를 이룰 줄은 몰랐어."

"괴물이라니 이상한 소리 하지 마세요."

내가 인간이 아닌 무언가가 된 것처럼 말하지 않았으면 좋겠습니다만.

"실제로 그렇잖아. 평범한 인간이라면 내 훈련을 견딜 수 있을 리가 없어."

"자기가 시켜 놓고서 그건 너무 불합리한 거 아닌가요?!"

자각이 있었다니 성질이 너무 나쁘다.

"그 불합리함을 견뎌 낸 괴물이 무슨 말을 하든 비아냥으로만 들리는데?"

#5 오니(鬼) 일본의 요괴. 일반적으로 머리에 뿔이 달렸고 쇠몽둥이를 든 무서운 이미지로 그려진다.

"괴물은 당신이잖아!"

"뭐?"

"죄송합니다. 말이 과했습니다."

말대답도 허락되지 않아!

노려보는 눈길에 즉각 사죄해 버리다니, 내가 진짜 한심하다…….

"뭐, 어쨌든, 그때 널 발견해서 다행이야."

"엇……."

"그 의외라는 낯짝은 뭐야?"

"뜻밖의 말이라서……."

나와의 만남을 기뻐하는 말이 로즈의 입에서 튀어나올 줄은 몰랐다.

"너는 자신이 얼마나 귀중한 존재인지 모르는군."

"귀중하다고요?"

"나와 똑같은 타입의 치유마법사는 너 말고 없어. 아무 치유마법사나 잡아다가 단련한다고 되는 게 아니야."

확실히 올가 씨와 우루루 씨를 단련해도 로즈 같은 치유마법사가 되지는 않을 것이다. 그렇지만 나 같은 게 귀중하다고 해도 그다지 와 닿지 않았다.

"나랑 비슷한 녀석이 몇 명이나 있다고 상상해 봐."

"이 세상의 끝이네요."

반응할 수 없는 속도로 주먹이 배에 꽂혔다.

입으로 공기를 토하며 괴로워하니 이마에 손을 댄 로즈가 기가 막히다는 얼굴로 한숨을 쉬었다.

"말도 안 된다고 생각하지? 자신의 한계를 뛰어넘어 단련하기 위해 치유마법을 쓰는 건 내가 고안한 방법이니까. 쓰는 사람은 나랑 너뿐이야."

"쿨럭, 화, 확실히……."

배에 치유마법을 걸면서 대답했다.

그보다 이 치유마법 사용법은 로즈가 독자적으로 고안한 건가…….

로즈는 발상부터 위험했던 거네.

"너는 내가 원하던 능력을 가진 치유마법사야. 나 말고 누구도 실현하지 못한 걸 너는 해내고 있으니 말이지."

그녀의 말에 담긴 진의는 알 수 없었다.

다만 이해할 수 있었던 것은 우루루 씨가 말했듯 이 사람이 내게 기대하고 있다는 점뿐이었다.

줄곧 이 사람 때문에 고생했지만, 그녀의 말을 듣고서 나는 살짝 자랑스러운 기분이 들었다.

"슬슬 도착한다."

잠시 멍하니 있자 로즈가 말했다.

정신을 차리고 보니 길 양옆에 있던 나무들이 사라지고 그 대신 온통 녹색 풀이 무성한 평원이 펼쳐져 있었다.

***

다리가 부서진 지 사흘이 지났다.

완성 직전이었던 다리는 아주 간단히 부서져서 다시 처음부터 만들어야 하는 사태가 되어 버렸다.

생각지 못한 사태에 아미라 베르그레트는 이를 갈았다.

"칫, 얼마나 더 있어야 완성되는 거야!"

"내일 새벽까지는……."

"독촉해!"

부하의 말에 부글부글 끓어오르는 분노가 그녀의 몸을 태웠다.

그 정도의 실태였다.

강 건너를 좀 더 확실하게 망봤다면 다리가 부서지는 것도 막을 수 있었을 터…… 그런 간단한 대책을 세우지 못했던 자신에게 화가 났다.

"사기도 내려가고 진군도 상당히 늦어져 버렸어……. 제3군단장 실격이야."

"언제 완성되는 거야? 심심한데."

"기다려. 싸움이 시작되면 원치 않아도 내보낼 테니까."

투덜거리면서 근처로 다가온 흑기사에게 힘없이 말을 던졌다.

흑기사는 울적한 모습으로 그 자리에 주저앉았다.

"나는 싸울 수만 있으면 돼."

"전투광이군. 그 멍청한 마인의 부하라는 생각이 안 들어."

"그 한가한 사람이랑 똑같이 취급하지 마."

흑기사는 아미라가 이끄는 제3군단의 부하가 아니라 제2군단에서 보낸 병사였다.

아미라가 아는 제2군단장은 일도 제대로 안 하는, 같은 군단장으로서 한심한 녀석이었다.

하지만 그런 녀석의 부하라도 유능하다는 사실은 틀림없었다. 소문에 의하면 부대에서도 대적할 자가 없는 실력과 희한한 마법을 가지고 있다고 한다.

"네 실력은 의심하지 않지만 방심은 하지 마. 인간 측에도 『납치자』라는 성가신 녀석들이 있어."

"쓰러진 녀석을 채 간다는 녀석들 말이야? 도망치기만 하는 녀석들이 날 이길 순 없을걸."

"인간이라고 생각해서 얕보지 마. 녀석들은 괴물이야."

유난히 진지한 아미라의 말에 흑기사는 이해할 수 없다는 듯이 어깨를 으쓱였다.

그런 흑기사를 보고 아미라는 어이없어하며 한숨을 흘렸다.

"하아, 됐다. 내일 다리가 완성되면 진군을 개시할 거야. 너는 바르지나크와 함께 적을 쓸어 줘야겠어. 바닥까지 내려간 사기를 부디 올려 주길."

이 이상의 대화를 거부하듯 아미라는 흑기사 곁을 떠나 다리 건설을 지휘하러 갔다.

땅바닥에 앉은 채 그 등을 바라보던 흑기사는 의욕 없이 지면에 쓰러졌다.

"괴물, 말이지."

허리에 찬 검을 딸그랑 내던졌다.

기사의 긍지인 검을 난잡하게 다루는 행위, 이 자리에 아미라가 있었다면 격앙했을 것이다.

"얼마나 강한지는 모르지만 이번에는 조금 즐길 수 있을 것 같아."

흑기사를 덮은 갑옷이 아지랑이처럼 일렁였다.

"마족이든 인간이든 상관없어. 날 만족시켜 준다면 누구든 좋아."

투구에 가려진 입으로 실성한 듯이 웃었다.

"삶을 느끼게 해 달라고, 인간들."

새까만 슬러지(sludge)처럼 꿈틀거리는 갑옷을 두른 흑기사—그것은 마치 악마 같은 모습이었다.

***

광대하게 펼쳐진 평원에 왕국군은 진지를 구축했다.

우리 구명단도 천막을 설치하고 마차에 실어 온 간이침대를 늘어놓았다.

시간은 저녁 무렵.

기사가 교대로 망보는 가운데, 나는 구명단 진지 안 의자에 앉아 있었다. 나무로 만든 의자는 빈말로도 편하다고 할 수 없지만 말이지.

그보다 문제는—.

"할 게 아무것도 없어……."

로즈는 시구르스 씨한테 갔고, 통 일행은 자고 있었다. 올가 씨와 우루루 씨는 병사들에게 갔다.

그 험악한 면상들, 언제 마왕군이 올지도 모르는데 태평하게 처자고 말이야. 「이건 그거야. 유사시에 대비해 쉬는 거다」라니 무슨 소리야.

「너도 쉬고 있어」라고 로즈가 말했지만 뭘 하면 좋을지 그다지 감이 오지 않았다.

원래 세계에서는 「잔다!」고 즉답할 수 있었을 텐데…….

"실례합니다!"

"응?"

그때 왕국군 갑옷을 입은 수위가 천막에 들어왔다. 왕국 밖으로 나갔을 때 이누카미 선배의 호위로 따라왔던 사람이었다.

머리를 숙이는 수위에게 인사하자 그는 천막 안을 둘러보고 다시 이쪽을 보았다.

"오오, 우사토 님, 다른 분들은?"

"지금은 없어요. 단장님도 조금 있으면 돌아오실 건데……."

"아뇨, 여기 온 건 전하고 싶은 말씀이 있기 때문입니다."

수위는 등을 곧게 펴고 이쪽을 향해 가볍게 인사했다.

"저는! 이번 싸움에서 구명단 호위를 맡게 된 아르크라고 합니다! 이 몸과 맞바꿔서라도 여러분을 지켜 보이겠습니다!"

"아, 예……. 잘 부탁드려요. 아르크 씨."

아르크 씨의 의욕 넘치는 말에 깜짝 놀라면서도 이 사람은 좋은 사람이라고 다시금 생각했다.

이곳은 적에게 제일 먼저 노려질지도 모르는 장소라 신뢰할 수 있는 사람에게 맡기고 싶었는데, 아르크 씨가 지켜 준다면 불만 없었다.

"제게 맡겨 주십시오! 그럼 경계하러 돌아가겠습니다!"

"힘내세요."

아르크 씨는 짧게 인사하고 천막에서 나갔다.

정말 씩씩한 사람이구나. 그 덕분에 나까지 기분이 밝아지는 것 같았다.

아르크 씨가 나간 쪽을 잠시 바라보다가 다시 의자에 앉아 넋을 놓았다.

그러자 또 누군가가 천막으로 들어왔다.

미려한 긴 흑발을 찰랑이며 천막으로 들어온 인물…… 이누카미 선배는 나를 보더니 히죽 웃고서 다가왔다.

"안녕, 우사토 군."

선배는 백은색으로 빛나는 갑옷을 걸치고 있었다.

경장 타입인지 기동성을 중시한 듯한 갑옷이었다.

내 시선을 알아차린 선배는 자랑스럽게 가슴을 쭉 폈다.

"후후, 이거 말이야? 이건…… 궁금해? 궁금하지?"

"아뇨, 딱히……."

"궁금하겠지. 그럼 가르쳐 줄게! 특별히 말이야!"

억지로 이야기를 진행시켰어……!

"이 갑옷에는 내 전격마법을 보조하는 마법이 걸려 있어! 게다가 내 움직임을 방해하지 않도록 만들어진 뛰어난 물건이야!"

"왠지 기뻐 보이네요."

"물론이지!"

이 사람 참 올곧네.

어린아이처럼 자랑하는 모습은 살짝 짜증스럽기까지 했다.

"선배는 여자 같지 않네요."

"뭐? 여자한테 무슨 소리야?!"

"그치만 갑옷을 받고 기뻐하다니, 평범한 여자는 안 그러잖아요."

"그, 그건…… 그렇지 않아, 우사토 군. 나도 귀여운 걸 좋아해. 그 증거로 원래 세계에서는 방에서 선인장을 키웠어."

선인장 육성으로 여성스러움을 연마할 수 있는 건가.

눈을 가늘게 좁히고 선배를 지그시 노려보았다.

그 시선을 견딜 수 없었는지 어색하게 눈을 돌린 선배는 갑자기 무슨 생각을 했는지 이쪽을 손가락으로 척 가리켰다.

"그래! 잘못을 따지자면 우사토 군이 내 치유제를 전부 가져갔기 때문이잖아!"

"네?! 저요?!"

이 사람, 무슨 트집을 잡는 거야?!

"그러니까 네가 나의 치유제가 되면 돼!"

"죄송해요, 진심으로 무슨 뜻인지 모르겠어요. 그 궤변은 뭔가요…….”

조금씩 다가오는 이누카미 선배가 어쩐지 무서워서 천천히 의자에서 일어났다.

“완고하구나! 우사토 군! 하지만 오늘의 나는 물러나지 않아!”

“원래부터 밀지도 당기지도 않았어요.”

“흐흥, 나는 알고 있어! 그건 네가 괜히 쑥스러우니까 그러는 것…… 즉, 츤[#6]이라는 걸 말이야!”

오늘 선배 뭔가 폭주하고 있지 않아? 눈 초점이 안 맞는 것처럼 보이고…….

“진정하세요, 선배. 오늘 선배 이상해요.”

“이상하지 않아.”

“……괜찮아요?”

위험해, 뭔가 본격적으로 위험해.

이누카미 선배도 원래 세계에서는 평범한 여고생이었다.

씩씩하게 행동하지만 내면에는 상당한 두려움이 있을 것이다. 정신적으로 불안정해져서 기행을 저지르고 있는 걸지도 모른다.

“나는 싫다고 저항하는 우사토 군을 회유하여 데레데레[#7]하게 만드는 상황을 소망하고 있어! 자, 친하게 지내자!”

“역시 아니야! 당신 원래부터 이상해!”

이 사람이 말하는 「친하게」의 정의는 대체…….

#6 츤(ツン) 「츤데레(ツンデレ)」의 「츤」. 본래 츤츤(ツンツン)이라는 단어이며, 일본어로 새침하고 통명스럽게 구는 모습을 의미한다.

#7 데레데레(でれでれ) 일본어로 부끄러워하는 것을 의미한다.

"알겠어요. 알겠으니까 일단 거기서 멈춰요! 사람은 대화하는 생물이에요. 대화를 하죠."

나는 떨리는 목소리로 말하며 한 발 한 발 뒤로 물러났다.

이누카미 선배도 분명 진정하고 대화에 임해 줄 것이다.

저거 봐, 지금도 살짝 고민하고서—.

"때로는 힘으로 밀어붙여야 할 때가 있지. 지금이 그때야."

"카즈키이이이이이! 살려 줘어어어어어!"

이 목소리가 들린다면 살려 줘! 마이 베스트 프렌드, 카즈키—!

"우사토, 무슨 일이야?!"

"진짜로 왔어?!"

이누카미 선배와는 달리 중후한 갑옷을 걸친 카즈키가 흉흉한 기세로 천막 안에 들어왔다.

엄청난 속도에 오히려 감동했다.

이누카미 선배의 모습을 목격한 카즈키는 겨우 찾았다는 얼굴로 그녀를 가리켰다.

"선배, 여기 있었어요?! 계속 찾았다고요! 시구르스 씨가 작전 회의 한다고 모이라던데……."

"괜찮아. 우사토 군을 수중에 넣으면 바로 갈 거야."

"저기, 무슨 소리인가요?"

"카즈키 군은 우사토 군과 더욱 친밀해졌어. 즉, 그런 거지."

죄송해요, 저희가 이해할 수 있는 언어로 말해 주세요.

카즈키도 영문을 몰라서 고개를 갸우뚱하고 있었다.

"지금 이누카미 선배는 정상이 아니야! 당장 데려가 줘, 카즈키!"

"뭐, 뭐가 뭔지 모르겠지만…… 우사토 말이니까! 알겠어!"

이누카미 선배를 뒤에서 제압한 카즈키는 그녀를 질질 끌고 천막에서 나갔다.

"우우, 역시 네가 가장 큰 장애인가! 치사해, 카즈키 군! 너희 남자끼리만 우정을 돈독히 하면서 날 따돌리고!"

"무슨 소리를 하는 거예요!"

내 말이 그 말이야, 카즈키. 정말로 이 선배는 무슨 소리를 하는 거야?!

"이거 놔~!"

"그, 그럼 갈게, 우사토!"

"고마워! 정말로 고마워!"

이누카미 선배는 폭풍처럼 떠나갔다.

나쁜 사람은 아니란 말이지. 죽이 맞는 부분도 있고, 굳이 따지자면 호감이 갈 정도였다.

하지만 왜 나야? 마음에 들어 할 만한 이유도 알 수 없고, 미연시 게임처럼 명확한 플래그를 세운 기억도 없다.

애초에 그런 걸 세울 만한 대화력이나 행동력도 없었다.

"으음~ 모르겠다."

어쨌든 지금은 그런 생각을 하고 있을 때가 아니다.

정찰 간 사람들이 돌아올 때까지 전투 시간을 알 수 없으니까.

"정신 바짝 차려야지……."

***

다음 날 아침.

광대한 평원을 응시하며 로이드 왕에게 받은 검에 떨리는 오른손을 얹었다.

“괜찮아, 괜찮아…….”

스스로를 타이르듯 그렇게 중얼거려서 불안을 달랬다.

마왕군의 모습이 나타남과 동시에 전투가 시작될 것이다.

용사인 나와 선배의 역할은 마법으로 적병을 요격하면서 아군 기사와 함께 적장까지 가는 길을 열고, 가능하다면 적장을 죽이는 것이다.

어디까지나 가능하다면, 이었다.

“카즈키 군, 무리는 하지 마.”

옆에 있는 선배가 위로하듯 그렇게 말했다.

“괜찮아요. 걱정하실 필요 없어요.”

“말은 그렇게 하지만…….”

“선배도 불안하지 않나요? 적어도, 우사토한테 가서 마음을 달래려고 할 정도로요.”

선배에게 그렇게 되묻자 그녀는 겸연쩍어하며 입술을 삐죽이고 얼굴을 돌려 버렸다.

원래 세계에서는 이런 선배를 본 적이 없었다.

같이 학생회 일을 했기에 이 사람에 관해서는 잘 알았다. 적어도 이런 모습은 생판 남에게 절대로 보이지 않았었다.

"너는 다른 사람에 관해서는 예리하구나. 확실히 불안한 마음도 있어. 하지만 말이지, 이런 때 말하는 건 뭐하지만…… 솔직히 말해서 살짝 고양돼 있어."

선배가 하고자 하는 말은 대충 알 수 있었다.

이 전장의 최전선에 서서 중후한 갑옷을 입고 검을 든 자신이, 지금 이 세계의 역사에 새겨질 한순간의 당사자가 된다. 그렇게 생각하면 고양된다는 선배의 마음도 이해하지 못하는 바는 아니었다.

하지만 그렇기에 나는—.

"저는 선배처럼은 생각할 수 없어요."

나는 명예나 명성을 위해 싸우는 것이 아니었다. 내 친구가 되어준 우사토와 선배를 돕고 싶기에 이 자리에 서 있었다.

"후후, 그렇겠지. 하지만 이게 진짜 나야."

"확실히 원래 세계의 선배와는 전혀 다르네요."

"그래, 맞아. 원래 세계의 나는 이제 없어. 하지만 다름 아닌 우사토 군이 지금의 나를 긍정해 줬어. 더는 망설임 따위 없어."

아무래도 내가 모르는 곳에서 선배와 우사토 사이에 뭔가가 있었던 모양이다.

살짝 흥미가 생겨서 선배에게 시선을 옮기자 그 시선을 알아차린 선배는 기쁘게 웃었다.

"나랑 우사토 군이 행방불명됐을 때 일인데…… 지금 할 얘기는 아닌 것 같네. 무사히 돌아가면 말해 줄게."

"돌아가면…… 인가요."

"돌아가야만 하는 이유가 생겼지?"

선배는 생긋 웃어 보였다.

이렇게 긴박한 가운데서도 이런 표정을 지을 수 있는 것은 이 사람뿐이겠지.

나쁘게 말하면 긴장감이 부족하지만, 좋게 말하면 믿음직스러웠다.

그렇게 적당히 말을 나누고 있으니 몸을 휘감는 강렬한 오한이 전신을 훑었다. 무심코 평원 저편으로 눈을 돌렸다.

여전히 마왕군의 모습은 없었다. 하지만 다가오고 있다는 것은 알 수 있었다.

선배도 긴박한 얼굴로 평원 끝을 바라보았다.

섬뜩하게 여겨지는 정적이 지배하는 가운데, 심장을 찌르는 듯한 압력이 엄습했다.

"선배!"

"……왔구나!"

아마 시구르스 씨도 눈치챘을 것이다.

실제로 각 부대 사이를 전령이 어지럽게 오가고 있었다.

작전대로 마법 전문 기사가 전위로 나오기 시작했다.

"우리도 준비하자."

"알고 있어요!"

천천히 심호흡하여 숨을 가다듬고 마력을 높였다.

내 마법은 빛.

이 마법이 마왕군에게 얼마나 효과가 있을지는 모르지만…… 할 수 있는 만큼 해 주겠어!

힘이 체내를 순환하는 감각에 몸을 순응시켜 갔다.

역시 마력을 느끼는 건 익숙해지지가 않는다.

"우리 왕국군은 마왕군을 타도하기 위해 있는 힘껏 싸운다!"

후방에서 지휘하고 있는 시구르스 씨가 병사들의 사기를 높이기 위해 크게 외쳤다. 그의 목소리에 호응하여 병사들의 눈빛은 점차 날카로워졌다.

"우리의 왕을 위해! 백성을 위해! 링글 왕국을 위해!"

어느새 그들의 눈에서 불안함이 사라졌고, 병사들을 고무하는 시구르스 씨와 함께 목청을 돋웠다. 수많은 병사들이 대지를 진동시킬 기세로 소리 지르는 모습은 장관이었다.

고막을 뒤흔드는 소란 속에서 평원의 언덕 지점에 검은 그림자 하나가 나타났다. 그 그림자는 매우 작았고, 거리가 먼 탓일지도 모르지만 어둠을 연상시키는 새까만 덩어리처럼 보였다.

"저게 뭐지……."

그림자는 점차 눈사태처럼 불어났다.

그 모습은 인간에 가까웠지만 확연하게 인간과는 다른 뾰족한 뿔이 나 있었다.

"마법 부대 준비—!"

"핫?!"

시구르스 씨의 커다란 목소리를 듣고 현실로 돌아온 나는 이쪽으로 질주해 오는 마왕군을 바라보았다.

“첫 공격을 시작하는 건 우리야. 할 수 있겠어?”

“해야죠…… 할 수밖에 없으니까!”

손바닥을 전방으로 들고 마력에 집중시켰다.

전위에 대기 중이던 다른 마법을 다루는 기사들도 우리에게 맞춰 손바닥을 전방으로 들기 시작했다.

사정거리 안에 들어오면 한꺼번에 마법을 쏜다.

“처음은 화려하게 시작해야지!”

선배도 온몸에서 번개를 내뿜고 있었다. 그녀도 준비가 된 모양이다.

나도 언제든 마법을 쏠 수 있었다.

요격 준비가 완료됐지만 마왕군의 발은 멈추지 않았다.

그 막무가내 진군은 마치 특공대처럼 보였다.

“신호와 함께 쏴라!”

마왕군과 왕국군의 거리가 점점 좁혀 들었다. 이제 뒤로는 물러날 수 없었다. 이를 악물고, 눈을 크게 뜨고, 나는—.

“쏴라아아아아아아!”

“우오오오오오오오오오!”

온 힘을 다해, 하얗게 반짝이는 빛 마법을 전방으로 날렸다.

잠시 후 왕국군이 쏜 다양한 계통의 마법이 마왕군에게 쇄도했다.

***

밖에서 큰 작렬음이 들렸다.

“……시작됐나.”

우리 구명단은 로즈 앞에 일렬로 정렬했다.

“검은 옷은 먼저 전장에서 부상자를 발견하는 대로 데려와.”

““““예이!””””

검은 상의를 입은 험악한 면상들이 힘차게 외쳤다.

근데 이 녀석들 옷 디자인 이상하지 않아? 전쟁터에서 검은 재킷이라니…… 완전히 범죄자구만. 이 녀석들에게 붙잡히면 솔직히 울지 않을까?

“회색 옷은 처음부터 끝까지 여기서 활동. 단, 긴급 사태 때에는 도망쳐.”

“““네!”””

올가 씨와 우루루 씨는 로즈나 내 옷과 비슷하게 생긴 회색 옷을 입고 있었다.

두 사람이 이곳의 중심이었다.

“그리고 너랑 내가 전투 경과에 따라 전선으로 나간다.”

“알겠습니다.”

“좋아! 통, 알렉, 미르, 고무르, 굴드, 부탁한다.”

““““예이!””””

입을 모아 외치는 험악한 면상들.

"훗, 그럼 가라. 저번처럼 살아서 돌아와!"

이 녀석들이라면 걱정할 필요는 없겠지. 이 녀석들의 내구력은 괴물이니까 말이야.

통 일행은 요란스럽게 뛰쳐나갔다.

그들이 사라지는 것을 지켜본 우리는 일단 천막 안에서 대기했다.

"선배랑 카즈키는 괜찮을까……."

"친구들이 걱정돼?"

출입구를 바라보고 있으니 갑자기 우루루 씨가 말을 걸어왔다.

"……그야 걱정되죠."

"그런가. 하지만 우사토 군도 조심해……."

"알고 있어요."

그렇게 우루루 씨와 대화를 나누고 있는데 흐느끼는 여기사를 어깨에 짊어진 통이 천막 안으로 뛰어 들어왔다.

"데려왔어!"

""빨라?!""

나와 우루루 씨와 동시에 외쳤다.

아직 전투가 시작된 지 5분도 안 지났잖아!

"당연하지. 전쟁이니까 이게 보통이야. 앞으로 계속 올 거다. 통, 그 녀석은 우사토에게 맡기고 다음 부상자를 데려와."

"알겠습니다, 누님! 어이, 우사토, 부탁한다!"

"으, 으응."

통에게서 여기사를 맡았다.

상태는…… 어깨와 발에 날붙이로 인한 깊은 상처.

출혈이 심하지만 이 정도 상처라면 바로 고칠 수 있다.

"으으, 얼굴, 무서워……."

"불쌍하게도, 분명 아파서 울고 있는 거겠지……. 그래, 틀림없이 그런 거야. 이제 괜찮아, 통증은 사라질 거야. 자, 나랑 옆에 있는 아가씨의 얼굴을 봐. 험악하게 생긴 괴물 같은 건 없지?"

"우사토 군, 현실에서 눈을 돌리면 안 돼……."

안 들리는데—.

어째선지 필사적으로 내게 매달리는 여기사를 떼어 내면서 손을 상처에 가져다 대고 치유마법을 흘려 넣었다.

몇 초 만에 상처를 고치고, 착란에 빠진 여기사에게 말을 걸었다.

"괜찮아요?"

"커다란 괴물, 그리고 검은색 적이……."

"진정하세요!"

충격으로 기억이 혼탁한 것 같았다.

검은색 적, 인가—.

"읏!"

머리가 욱신거렸다. 머릿속에서 수인 소녀가 보여 주었던 장면이 재현되었다.

지금 왜 이 광경을 떠올리는 거야!

"이래서는 정말로 카즈키와 선배가 죽을 것 같잖아……!"

***

광범위 마법 공격으로 마왕군에게 큰 타격을 입히려던 왕국군에 대항하여, 우리가 취한 수단은 대규모 환각마법으로 왕국군을 속이는 것이었다.

환각마법으로 엉뚱한 곳에 마법을 쏘게 하고, 동요하고 있는 적에게 마조 몬스터 바르지나크와 내가 선두로 돌격했다.

“약하네, 인간.”

“커, 흑……, 어, 어째서…….”

왕국군 기사가 복부에서 피를 흘리며 앞으로 쓰러졌다.

상대는 무슨 일이 일어났는지 알 수 없다는 얼굴로 이쪽을 노려보았다.

“어떻게 된 거야……. 네놈은 뭐지…….”

“글쎄, 뭘까.”

쓰러진 기사에게 적당히 대답하고 그대로 몸을 넘어가 다음 사냥감을 찾았다.

“……어라?”

정신을 차리고 보니 발밑에는 피바다에 가라앉은 왕국군의 기사들이 있었다.

주위에 있던 적은 전부 해치워 버린 건가. 너무 시시해서 눈치채지 못했어.

“별거 아니네. 인간 따위, 이 정도인가.”

검을 축 늘어뜨린 채 적이 있는 방향으로 적당히 걷고 있으니, 바르지나크가 그 거구로 왕국군의 기사들을 날리고 짓뭉개는 광경이 눈에 들어왔다.

"이거 내가 올 필요도 없었던 거 아니야?"

어떻게 봐도 이쪽이 우세였다.

이쪽 병사들도 고전하고 있기는 하지만 차례차례 기사들을 베어 넘기고 있었다.

왜 저번 싸움에서 패주했는지 이해할 수 없네.

"잘도 동료를—!"

"응?"

생각에 잠겨 있던 탓인지 검을 들고 접근한 적을 눈치채는 것이 늦어지고 말았다.

검을 치켜들었지만 그 전에 왕국군 기사의 날카로운 찌르기가 내 갑옷에 깊숙이 박혔다.

"잡았다!"

확실한 반응을 느낀 차에 미안하지만— 네가 잡은 건 내가 아니란 말이지.

"불쌍하다고. 정말—."

"뭐라고……?!"

비웃음과 동시에 마법을 발동시켰다.

그러자 의아한 표정을 지은 기사가 피를 토했다.

"쿨럭…… 설마, 다들 이거에……."

기사가 검을 놓고 뒤로 나동그라졌다.

마무리로 검을 내동댕이치듯 휘둘러서 어깨부터 옆구리까지 베었다.

뿜어져 나온 피가 갑옷을 빨갛게 물들였다.

나는 여전히 몸에 박힌 왕국군 기사의 검을 뽑았다.

살아 있는 것처럼 곧장 일렁인 갑옷이 뻥 뚫린 구멍을 메웠다.

결국 이 정도인가. 뚜껑을 열어 보니 인간들이 머릿수로 대항하고 있을 뿐이지 않나…….

“으, 윽…….”

“뭐야, 아직 살아 있는 건가.”

“전해야 해……. 지금 당장, 이 사실을…….”

“……끈질긴 것만큼은 인정해 주지.”

이제 주위조차 보이지 않는지 공허한 눈으로 동료들이 있는 쪽을 향해 기어가려는 기사의 등을 노리고 검을 힘껏 내리찍었다.

하지만 그 순간, 시야 끄트머리에 어떤 검은 것이 비쳤다.

“읏?!”

순간적으로 검을 멈추고 횡으로 크게 휘둘렀지만 전해지는 느낌은 없었다.

경계했으나 주위에는 싸우는 아군과 적군 기사밖에 안 보였다.

“기분 탓인가……?”

그렇게 생각하고 다시 기사에게 최후의 일격을 가하고자 눈을 돌리니—.

“……?!”

조금 전까지 땅에 엎어져 있던 기사가 없었다.

설마 내가 눈을 뗀 사이에 땅을 기어서 이동한 건가?

아니, 그 상처로 빠르게 움직일 수 있을 리가 없다.

“어떻게 된 거지…….”

다시 한 번 주위를 둘러보니 숨통을 끊지 못해 간신히 살아 있던 녀석들도 없어진 상태였다.

왕국군의 마법인가?

설마 이게 아미라가 말했던…….

“괴물…….”

『납치자』라고 불리는, 전장을 달리는 싸우지 않는 병사—.

“하하, 하하하하!”

그런 터무니없는 존재가 정말로 있었던 건가!

기쁨을 억누를 수가 없어서 전장임에도 불구하고 웃어 버렸다.

내 감정을 나타내듯 갑옷이 약동하며 크게 꿈틀거렸다.

기분을 진정시켜 갑옷을 원래 형태로 되돌리고 다시 걷기 시작했다.

아직 끝나지 않았다. 나를 즐겁게 해줄 더욱 강한 녀석들이 있다!

그렇게 생각하자 웃음이 멈추지 않았다.

“응?”

그때, 조금 떨어진 곳에서 강렬한 빛과, 용솟음치는 굉음을 울리는 번개가 보였다.

상당히 강한 위력의 마법이었다.
"재밌어 보이네."
입가가 풀어지는 것을 느끼며 그렇게 중얼거린 나는 그쪽으로 걸음을 옮겼다.
이번 상대는 즐길 수 있을 것 같다…….

***

전투가 시작된 뒤로 벌써 몇 명째 치료일까.
분주하게 교체되는 부상자들을 고치고 있으니 로즈가 중얼거렸다.
"슬슬 시간이 됐군."
그녀의 말에 올가 씨가 긴장된 표정을 지었다.
"가시는 겁니까? 로즈 씨."
"바보야, 여기서는 단장님이라고 불러."
로즈의 말을 듣고 몇 초 후, 나는 저절로 이해했다.
아아, 지금부터 나도 전장에 가는구나, 하고.
마력도 충분히 여유 있었다.
로즈에게 받은 흰 단복은 여전히 깨끗했다.
"어때? 우사토. 각오는 됐겠지?"
로즈는 평소처럼 사납게 웃으며 내게 그리 물었다.
"물론이에요. 저는 당신의 오른팔이 되도록 훈련받았으니까요."
"그래, 맞아……. 너는 그런 녀석이었지. 그럼 걱정할 필요는 없겠어."

"걱정해 주신 건가요? 의외네요."

"하! 정말 시건방진 녀석이야……. 올가, 우루루, 여긴 너희에게 맡기겠어. 만약 여기까지 적이 오면 너희는 제일 먼저 도망쳐."

후방 담당의 가장 중요한 사항.

두 사람은 육체적으로는 강하지 않기에 위험한 상황에 빠지면 재빨리 도망쳐야 한다.

만약 두 사람에게 무슨 일이 생기면 부상자를 고칠 사람이 없어지니 말이지.

"알고 있어요. 저희 걱정은 마시고 마음껏 사람들을 살리고 오세요."

"다치지 마세요."

"그래."

로즈는 올가 씨와 우루루 씨에게 등을 돌리고 가볍게 손을 흔들었다.

굉장히 무뚝뚝한 동작이지만, 어쩐지 내게는 그 모습이 그녀 나름의 의사 표시로 여겨졌다.

정말, 솔직하지 못하다니까.

"그럼 올가 씨, 우루루 씨. 이게 이번 생의 마지막 인사가 되지 않도록 열심히 하고 올게요."

"조심해……."

"위험해지면 도망쳐, 우사토 군……. 무사히 돌아와야 해."

나는 두 사람에게 등을 돌리고 앞서 걸어간 로즈의 뒤를 쫓았다.

"느려."

밖에서 기다리던 로즈를 말없이 따라갔다.

천막을 떠나려던 때, 아르크 씨도 격려의 말을 건네 왔다.

아르크 씨에게 현재 전황을 물어보니 아무래도 이쪽이 상당히 밀리고 있는 것 같지만 어떻게든 버텨 주고 있는 듯했다.

송골송골 이마에 맺히는 땀을 느끼며 걸어가는데, 갑자기 앞서 걷던 로즈가 뒤돌았다.

"마지막으로 한 가지 조언해 주마."

"네?"

"너, 살인 같은 건 못 하지?"

"그야…… 제 역할은 살리는 거니까요."

"궁지에 몰려도 똑같은 소리를 지껄인다면 넌 엄청난 바보야."

그런 것은 생각조차 못했다.

공격당해도 바로 고칠 수 있으니까 회피에 전념하면 된다고 생각했고…….

"뭐, 그런 바보 같은 네게 비장의 기술을 가르쳐 주지. 잘 들어 둬. 한 번만 말할 테니까."

"……네."

"그건—."

로즈의 입에서 나온『기술』.

그 기술은 너무나도 불가해하여 솔직히 의도를 알 수 없었다.

써 봤자 의미가 없다. 제대로 먹혀도 기절시키는 정도일 것이다.

하지만 그것은 치유마법의 잘못된 사용법을 형용한 듯한 기술이었다.
“최고의 기술이네요.”
“그러냐, 그거 다행이네.”
“설마 저를 위해 생각해 주신 건가요?”
“……그럴 리가 없잖아.”
“고맙습니다.”
“……오냐.”
내가 고마워하자 로즈는 얼굴을 돌리고 대답하고서 다시 앞으로 몸을 돌렸다.
“그리고 통에게 신경 쓰이는 말을 들었어.”
“예?”
“검은 갑옷을 입은 적이 있는 것 같아. 성가신 마법을 쓰는 모양이니 조심해라.”
“검은, 갑옷…….”
또 그 광경이 뇌리에 떠올랐다.
최악의 시나리오, 카즈키와 선배의 죽음—.
뇌리에 새겨진 광경을 쫓아내듯 머리를 흔들었다.
“듣고 있어?”
“아, 네!”
이제 와 신경 써도 별수 없었다.
심호흡하고서 집중했다.
예민해진 청각에 전장의 소리가 들려와 지금껏 느낀 적 없는 긴장감이 몸을 얽어맸지만, 그래도 걸어가는 발을 멈추지 않았다.

"우사토, 가자."

로즈의 목소리를 듣고 숨을 크게 들이마셨다.

이 사람과 같이하는 전장이라면— 무섭지 않다!

"네! 단장님!"

나와 로즈는 기합 소리와 함께 동시에 달리기 시작했다.

도중에 나랑 갈라져 다른 방향으로 뛰어가는 로즈를 힐끗 본 후, 나는 단숨에 전장의 최전선으로 달려 나갔다.

로즈와 나는 다른 장소를 커버한다.

피비린내가 공기에 섞여 코를 찔렀다.

한순간 숨이 막혔지만, 억지로 공기를 들이쉬어 익숙해지도록 했다.

이 정도 일로 멈춰 서 있을 수는 없었다.

다가오는 마왕군 병사도 무시— 중간중간 부상자도 있지만 전부 신뢰하는 동료에게 맡겼다.

똑바로, 똑바로…… 그렇게 돌파한 끝에 있는 것은 최전선이었다.

"여기가 전장……."

마음을 굳세게 먹었다.

절대 삼켜지지 않도록.

겁먹고 다리가 굳어 버리지 않도록.

최전선은 글자 그대로 총력전.

자신을 회복할 여유조차 없을 만큼 치열한 싸움이었다.

하지만 그 속에서 내가 할 일은 정해져 있었다.

즉각 시야에 비친 중상자 두 명을 확인하고 다리에 힘을 주어 달려 나갔다.

체력은 훈련으로 단련했다.

동체 시력은 숲에서 단련했다.

사람 사이를 달리는 것도 거리에서 단련했다.

피로도 마법으로 해결한다.

오늘 치유마법 상태는 최고다!

혼전 중인 왕국군과 마족 사이를 누벼 최단 루트로 첫 번째 부상자 곁으로 달려가 들쳐 멨다.

"읏?! 네놈이 치유마법사인가!"

근처 마족이 이쪽을 향해 도끼를 치켜들었지만 느렸다.

위압감 역시 우리 험악한 면상들보다 못했다. 전혀 무섭지 않았다.

내 싸움은 적을 쓰러뜨리는 것이 아니었다. 내 역할은 사람을 살리는 것이었다.

부상자를 안은 채 몸을 휙 반전시키며, 내리쳐진 도끼를 피했다.

공격해 온 마족을 무시하고 다음 부상자 곁에 수월히 도달하여 다른 한쪽 팔로 짊어졌다.

그대로 단숨에 그 자리를 벗어나 전선에서 후퇴했다.

"으으…… 너, 너는?"

의식은 있었다. 이 정도 상처라면 몇 초 만에 고쳐진다.

다른 한 사람은 이미 상처 치료를 끝냈는데 이쪽도 의식이 있었다. 역시 최전선을 맡은 기사님, 무시무시한 인내력과 정신력이다.

"치료는 끝냈어요. 움직이지 말아 주세요."

최전선에서 한 발짝 떨어진 곳까지 이동하여 두 사람을 땅에 내렸다.

두 사람은 상처 입었던 곳을 문지르며 깜짝 놀란 얼굴로 나를 보았다.

설명하고 있을 시간은 없기에 바로 돌아가야 했다.

현재 진행형으로 사람의 생사가 걸려 있었다.

"이제 괜찮아요. 여전히 몸이 불편하다면 전선에서 물러나 주세요."

그렇게 말하고 나는 다시 최전선으로 달리기 시작했다.

나의 이 손이 미치는 한, 누구도 죽게 하지 않아. 반드시 구하겠어―!

번외편 스즈네의 수기

마왕군과 싸우기 전에 지금 내 기분을 남겨 보려고 한다.

내가 이 싸움에서 만약 죽어 버린다면 다음 내용을 읽어 주길 바란다.

운명에 저항하길 포기한 나, 이누카미 스즈네의 이야기를 여기에 기록한다.

나는 재미없는 인생을 살아왔다.

나는 공부든 스포츠든, 뭐든 잘했다.

가정환경은 풍족했고, 학교 친구들도 좋은 아이들이었다.

그 모든 것이 무척 충실했으며— 속절없이 따분했다.

그런 자신이 싫어서 타인에게 미지의 「장래」에 대해 묻게 되었다.

하고 싶은 일을 찾을 수 없어서 타인이 말하는 「꿈」을 부럽게 생각했다.

웃기는 이야기였다. 뭐든 잘한다며 생각하길 포기하고, 뭐든 잘한다며 혼자 결론짓고, 그런 주제에 자신을 둘러싼 굴레에 얽매여 꼼짝도 할 수 없게 되어, 마침내는 저항하지 않게 된 내가 어른이 되기도 전에 세상에 절망하다니 말이다.

완벽 따위 원하지 않았다. 누구에게도 속박되지 않는 인생을 살고 싶었다.

하지만 그것은 내 주위가 허락해 주지 않았다.

옛 관습에 얽매인 명가의 딸로 태어난 나는 부모의 기대에 부응하기 위해 어릴 때부터 뭔가를 배우고 공부만 하며 아이다운 놀이 따위 거의 한 적이 없었다.

이대로 집안의 명령을 따를 뿐인 꼭두각시 인형인 채 인생을 끝내도 좋은 걸까…….

뭐든 잘 해내 버리는 자신에게 실망하며 이대로 따분한 일상을 계속 보내는 건가…….

이 세계에 오기 전까지는 줄곧 그런 생각을 했었다.

사람들은 내가 축복받았다고 할 것이다. 좋은 집안에서 태어나 약속된 장래를 기다릴 뿐인 인생을 따분하다고 생각하지 않는다면, 나는 축복받았다고 할 수도 있었다.

하지만 그것은 내가 바라는 행복이 아니었다.

나는 그런 게— 싫었다.

우사토 군, 카즈키 군.

나는 말이지, 이 세계에 소환됐을 때, 내 생각만 하고 있었어.

여기서 새로운 내 인생을 시작할 수 있다.

그렇게 생각하고 기뻐했어.

하지만 너희는 달랐지.

원래 세계에서의 이탈이라는 목적을 달성한 나와 달리, 너희는 이 세계에서의 「앞으로」를 살아가려 하고 있어.

고민하고 괴로워하며 이세계라는 환경에 익숙해지려 하는 무구한 너희는 내게 너무나 눈부신 존재이고, 그런 너희를 보고 원래 세계의 속박에서 벗어난 나 자신도 새롭게 다시 태어난 나로서 무언가를 시작하고 싶다고 생각했어.

카즈키 군은 싸움이라는 커다란 일을 앞에 두고 고민했지만, 모호하게나마 확실하게 자신이라는 「개체」를 모색하려 하고 있어.

원래 세계에서의 너를 잘 아는 내가 보기엔 굉장한 일이야. 지금까지의 자신을 바꾸는 일이 얼마나 어려운지 나도 잘 알고 있으니까, 그것이 얼마나 대단한 일인지 이해할 수 있어.

우사토 군, 너는 신기한 존재야.

나를 대하는 태도가 살짝 냉담하지만, 너는 무척 의지가 강한 사람이라고 생각해.

생각해 보면 나나 카즈키 군보다도 빨리 자신이 해야 할 일을 확실하게 정한 건 너였지.

그 숲에서 네게 이야기했을 때, 사실은 불안으로 가득했어.

하지만 너는 전혀 신경 쓰지 않고 오히려 내게 동의하듯 이세계를 동경했다고 말해 줬어.

가장 기뻤던 건 이 세계의 나를 긍정해 준 거야.

원래 세계의 거짓된 이누카미 스즈네가 아니라, 이 세계의 진짜 나를 인정해 줬어.

말려든 사람이 너라서 다행이라고, 네게는 실례지만 그렇게 생각하고 말았을 정도로 말이야.

너는 부정할지도 모르지만 너라는 존재는 카즈키 군에게도, 물론 나에게도 둘도 없는 존재가 되었어.

그러니 나도 너처럼 힘내려고 해.

그 숲에서 네게 맹세한 것처럼 나의, 우리의 새로운 보금자리를 지키기 위해 싸우고 싶어.

이 세계에는 너희들이 있어.

더는 절망 따위 하지 않을 거야.

이누카미 스즈네

Character Design

카즈키
▲학생복
▲사복
▲무장
로즈
블루링
▲단복

치유마법의 잘못된 사용법 1
~전장을 달리는 회복 요원~

1판 1쇄 발행 2017년 10월 20일
1판 4쇄 발행 2018년 6월 5일

지은이_ KUROKATA
일러스트_ KeG
옮긴이_ 송재희

발행인_ 신현호
편집국장_ 김은주
편집진행_ 최은진 · 김기준 · 김승신 · 조미연 · 원현선 · 김솔함 · 권세라
편집디자인_ 양우연
국제업무_ 정아라 · 고금비
관리 · 영업_ 김민원 · 이주형 · 조인희

펴낸곳_ (주)디앤씨미디어
등록_ 2002년 4월 25일 제20-260호
주소_ 서울시 구로구 디지털로 26길 111 JnK디지털타워 503호
전화_ 02-333-2513(대표)
팩시밀리_ 02-333-2514
이메일_ lnovelpiya@naver.com
L노벨 공식 카페_ http://cafe.naver.com/lnovel11

ISBN 979-11-278-4278-9 04830
ISBN 979-11-278-4277-2 (세트)

값 9,800원

이세계 식당 1~4권

이누즈카 준페이 지음 | 에나미 카츠미 일러스트 | 박정원 옮김

직장가와 인접한 상점가 한구석.
문에 고양이가 그려진 가게 「양식당 네코야」.
그곳은 창업한 이래 50년간 직장인들의 배고픔을 달래 온 곳으로,
양식당이라지만 이외의 메뉴도 풍부하다는 점이 특징인 지극히 평범한 식당이다.
그러나 「어떤 세계」 사람들에게는 특별하고 유일무이한 공간으로 탈바꿈한다.
「네코야」에는 한 가지 비밀이 있다.
정기 휴일인 매주 토요일, 「네코야」는 『특별한 손님』들로 북적거린다.
딸랑딸랑 방울 소리와 함께 찾아오는, 출신, 배경, 종족조차도 제각각인 손님들.
그들이 원하는 것은 세상 어디에서도 찾아보기 힘든 신기하고 맛있는 음식들.
사실 직장인들에게는 자주 먹어 익숙한 메뉴지만
「토요일의 손님」 = 「어떤 세계 사람들」에게는 듣도 보도 못한 음식들뿐.
경이롭고 특별한 요리를 내놓는 「네코야」는 「어떤 세계」사람들에게 이렇게 불린다.
—「이세계 식당」.

그리고 딸랑딸랑 방울 소리는
이번 주에도 변함없이 울려 퍼진다.

BOOKS

라이트노벨의 새로운 빛! L북스의 신간은 매월 20일에 발매됩니다. http://cafe.naver.com/lnovel11

거미입니다만, 문제라도? 1~5권

바바 오키나 지음 | 키류 츠카사 일러스트 | 김성래 옮김

분명히 여고생이었을 텐데 정신을 차리고 보니
「나」는 본 적도 없는 곳에서 《거미》라는 괴물로 전생해버렸다?!
어미 거미의 동족 포식을 피해 도망쳤지만 방황 끝에 도착한 곳은 괴물들의 소굴.
독개구리, 왕뱀, 거대 늑대, 심지어 용까지 설치고 다니는 최악의 던전.
힘없는 조그만 거미인 「나」는 이곳에서 무사히 살아갈 수 있을 것인가……?
으악, 되도 않는 소리는 작작 하란 말이야!
나를 이런 상황으로 몰아넣은 놈 누구야! 당장 튀어나와!!

수많은 인터넷 독자들이 응원하는
거미양의 서바이벌 생활, 당당히 개막!

BOOKS

라이트노벨의 새로운 빛! L북스의 신간은 매월 20일에 발매됩니다. http://cafe.naver.com/lnovel11